JN196201

あなたが望んだ妻は、もういません
～浮気者の旦那様と離婚して、楽しい第二の人生を始めます～

風見ゆうみ

目次

書籍限定書き下ろし番外編

アキーム

オルドリン伯爵家当主で、サブリナの夫。
領地への視察が多く、
妻を置いて家を空けることが多い。
サブリナに異常な執着があるようで…？

サブリナ

アキームと恋愛結婚後、
オルドリン伯爵夫人になった令嬢。
自分に自信がなく、周囲から虐げられていたが、
あるきっかけで夫からの支配から逃れ、
自分の人生を取り戻そうと決意する。

あなたが望んだ妻は、もういません

浮気者の旦那様と離婚して、楽しい第二の人生を始めます

ゼノン

ジーリン伯爵令息。温和で社交的な性格。
従妹であるサブリナを助ける
手助けに一役買って出る。

リファルド

ワイズ公爵令息。曲がったことが嫌いな性格。
自身の婚約破棄に巻き込む形になった
サブリナを気にかけており…？

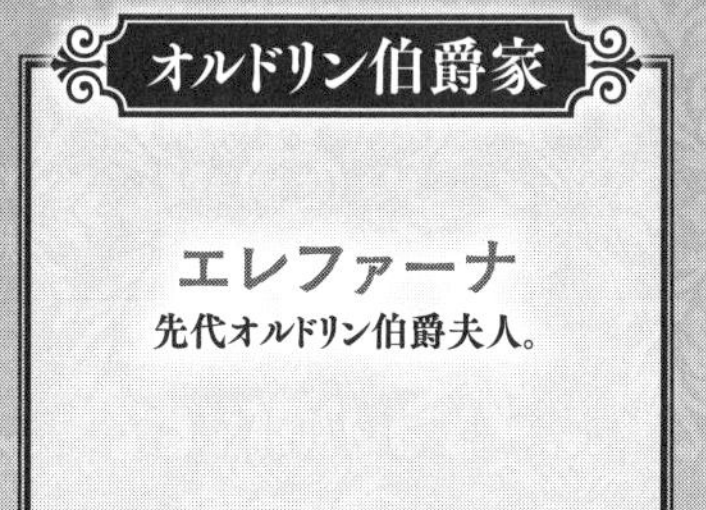

オルドリン伯爵家

エレファーナ
先代オルドリン伯爵夫人。

トノアーニ
アキームを溺愛する姉。

ベル

ラファイ伯爵令嬢。リファルドと婚約していたが、
あるきっかけで白紙に戻ってしまう。
サブリナと以前から関係があるようで…？

Characters

プロローグ

　エストルン王国の子爵令嬢だった私、サブリナ・エイトンが伯爵令息のアキーム・オルドリン様と初めて出会ったのは十四歳の時で、オルドリン伯爵家で催された、アキーム様の誕生日パーティーだった。

　アキーム様はくせのあるダークブラウンの髪に空色の瞳を持つ、爽やかな風貌の人で、その時の私は一生関わることのない人だと思っていた。

　整えても毛先が跳ねてしまう、腰まである白銀の髪に紺色の瞳を持つ私は、地味な見た目や両親に愛されていないこともあり、自分に自信がなく、いつも猫背になって、少しでも自分を小さく見せて目立たないようにしようとしていた。

　初めての社交場で緊張して会場の隅で大人しくしていた私を、同じ学園に通う男子が見つけて近寄ってくると、「気持ち悪い」「暗い」「ブス」など、嫌な言葉を投げかけてきた。

　私は学園でいじめられていたから、悪い意味で有名人だった。貴族の娘だというのに、オドオドしていて俯いてばかり。そんな態度に苛立ちを覚えるのだと、よく言われていた。

　このままじゃいけない。

　そう思った私は、勇気を振り絞って言い返したことがあった。

でも、意地悪は酷くなるだけで、嫌なことをしてくる人が増えただけだった。周りにいる多くの人は我関せずか、もしくは自分が巻き込まれないようにと見てみぬふりをしていた。学園とは違い、この日のパーティーは大人が多かったのに、誰も助けてくれない。耐えることしかできなくて泣きそうになっていたところを、アキーム様が来て私を助けてくれた。いじめられていた私の目には、意地悪をする男の子たちから助けてくれた彼が、お話に出てくるヒーローのように見えて、その日は、胸の高鳴りが中々おさまらなかったことを、今でもはっきりと覚えている。

この出来事をきっかけに、私とアキーム様の距離は近づき、アキーム様のほうから婚約の申し込みをしてくれた。

それから約五年の月日が流れ、私と彼はめでたく夫婦になった。結婚するまでは、ふたりで幸せになるのだと信じて疑わなかった。だって、それまでのアキーム様はとても優しくて、これからの未来についての不安なんてなかったから。

結婚後、アキーム様から「旦那様と呼んでほしい」と言われたので、躊躇うことなく承諾した。今は、結婚してからまだ五十日ほどだが、旦那様と呼ぶことにも慣れてきた。

このまま、幸せな生活が続くのだと思っていたのに、雲行きが怪しくなってきたのは、今思えば、結婚して十日ほど経った頃からだった。

旦那様が領地の視察に行かなければいけないと旅立っていき、帰ってきても「疲れているから」と言って、会話もせずに眠るようになった。おかしいと思い始めていた頃、私は旦那様と、とある女性が密会している場面を見てしまう。

そして、私は今回の結婚が恋愛結婚ではなく、旦那様を含めた家族や義家族からの嫌がらせだったと知ることになる。

第一章　波乱のパーティー

旦那様の仕事は領地管理がメインになっている。といっても、仕事の多くは義母がやっているようなので、旦那様が何をしているかは正確には分からない。

こんなことを言ってはなんだが、オルドリン伯爵家は同国の伯爵位の中では弱小で領地も狭い。だから、視察といっても日帰りで帰ろうと思えば帰れるほどのものだ。

それなのに旦那様は、初夜の晩に「明日から領地の視察に出かけないといけないんだ。だから、今日はごめん。明日に備えて眠らせてもらうよ」と言って、私に背を向けた。

仕事に支障が出てはいけない。

そう思った私は、彼の隣で眠れるだけでも幸せだと思うことにして、その日は眠りについた。

最初のうちは、旦那様は仕事に熱心な素敵な方なのだと思っていた。でも、日が経つにつれて、その考えは変わっていった。

視察に行くと言って出ていってから、短くても十日は帰ってこないし、帰って来る度に「疲れているんだ」だとか「明日は朝から忙しいんだ。ひとりで寝かせてくれないか」などと言って、私と同じ部屋で眠ることや会話することさえも拒んだ。

旦那様は忙しい人だもの。仕方がないわ。そう思うようにしながらも、伝えないといけない、伯爵家にとって重要なことは伝えてきたつもりだった。

「サブリナ、悪いけど、明日から領地の視察に行くことになったんだ。今日は早いうちに眠ることにするよ」

「また、ですか」

朝食時、気が緩んでいたせいか、つい、本音を口に出してしまった。

三十人が一度に会食できる長テーブルがあるダイニングルームで、家族揃って食事をするのがこの家のルールだ。旦那様の向かい側が私で、旦那様の右隣が義母、左隣には義姉というのが定位置になっている。

義父は数年前に亡くなっていて、伯爵の爵位は、その時に旦那様が継いでいた。

「何か不満があるのかな？」

「不満といいますか、その、気になることはあります」

「サブリナさん、アキームは仕事で忙しいのよ。あなたは屋敷で何もしていないのだから、文句を言うのはやめなさい」

「……申し訳ございません」

伯爵夫人として仕事をしたいと申し出たことがあったけれど、「わたしの仕事を奪うつもりなの⁉　性格の悪い嫁だわ！」と義母に何度か怒られている。だから、手伝いたいと言い直したら、ひとりでできると言って手伝わせてもくれない。旦那様がいない時は、会話をすることさえも嫌がられる時がある。

どうせ、何を言っても同じなのだからと言うことをやめたらやめたで「仕事をしない」と言ってくるし、何が正解なのか分からない。

はつらつとした旦那様に比べて、私の外見はどこにいても人に不快感を覚えさせてしまうらしい。

旦那様と出会うきっかけになったいじめもそうだが、昔から、色々な人から嫌な目にあわされてきた。その中でも、とある伯爵令嬢のいじめが一番酷かった。彼女のことを思い出すだけで、悔しさと傷ついた痛みで涙が出そうになる。

ただでさえ行動にイライラすると言われていたところに、外見も気に食わないと言われ、その令嬢は他の人間にも私をいじめるようにけしかけていた。

そのこともあって、卒業した今も私に友達はいない。だからこそ、旦那様に助けてもらった時、いとも簡単に恋に落ちてしまったのだと、今となっては理解できる。

こんな私だから、旦那様はいまだに私のことを子供扱いしていて、初夜もまだ迎えていない。私に女性としての魅力がないから悪いのだと思っていたけれど、メイドと話をして気がついた。

女性としての魅力があったからこそ、恋愛結婚したはずだ。ということは、初夜を迎えない理由は他に何かあるのではないかと思った。

いじめられていたせいで友人がいなかった私だが、従兄に紹介してもらった女性と文通をしていた。その女性はノルン様といい、従兄の婚約者だった。

ノルン様と私は五年以上も前から文通をしていて、それぞれの家族や恋の話など、色々な話で盛り上がっていた。

そこで恥ずかしながら、初夜を迎えていないことを書くと「初夜を迎えていないなんて、他の人に知られたら良くないことです。サブリナ様を愛しているのなら、先延ばしにすることはおかしいと思います。初夜を迎えられない理由が何かあるのではないでしょうか」とはっきりと意見を書いて送ってくれた。

会ったことのない人ではあるが、従兄はとても信用ができる人だし、そんな彼がべた惚れしている人が悪い人であるはずがない。

考えたくないけれど、私は旦那様の浮気を疑い始めていた。

それに、この家に来て義母や義姉から嫌なことを言われ続け、このままでは、精神的に参ってしまうと感じた。

こんな私だから、旦那様は子供扱いするのかもしれない。浮気を疑う自分も嫌だし、辛いことから逃げ続ける自分も嫌だ。

そう思った私は、意地悪なことばかり言ってくる義母や義姉とまずは戦うことに決めた。義母と義姉のようなタイプは強く言い返されるのは苦手らしく、聞き流せないような発言に言い返すと、すぐに黙った。これを続けていくうちに嫌がらせがなくなったわけではないけれど、少しは大人しくなった。

　この調子で旦那様にも毅然とした態度を取ろうと決めた私は、旦那様の領地の視察が頻繁すぎることをどうにかしようと考えた。旦那様に意見するにはまだ勇気がいる。だから、大きく深呼吸をして心を落ち着かせていると旦那様が話しかけてくる。

「そんなに悲しそうな顔をしないでくれよ。ちゃんと帰ってくるからさ」

　旦那様は立ち上がり、私のところまでやって来ると、優しく私の頰に触れた。

「安心して待っていてくれ」

「……それは帰ってきますわよね。お義母様とお義姉様が待っていますもの」

　大人げない言い方をしたことは分かっている。でも、言わずにはいられなかった。

「サブリナだって待っていてくれるのだろう？　大丈夫だよ。なんてことはない。いつもの視察と変わらないし、危険なんて何もないんだから」

「……私も視察にご一緒することは可能でしょうか」

　視察、視察と言うだけで、どんなことをしているかは一切、教えてくれない。何をしているか内容を伝えても、私には分からないと決めつけるのだ。なら、一緒に行けば分かるようになるかもしれない。そう思って言ってみたのだけれど無駄だった。

「すまない。視察に行っている土地には、貴族が泊まれるような宿屋がないんだ」

「では、旦那様はどこに泊まっているのですか？」

貴族が泊まる場所がないというのであれば、旦那様だって泊まるところがないはずだ。

「言い方が悪かった。宿屋がないわけではないんだ。でも、平民が使う汚い宿でね。そんな所に君を泊まらせるわけにはいかないだろ」

「旦那様が一緒なら、どんな場所であっても苦にはなりません。それに、伯爵夫人として領民の生活がどんなものなのかも知りたいんです」

「サブリナ、頼むから、そんな駄々をこねないでくれよ。もう子供じゃないだろう」

「それはそうかもしれませんが、このまま、何もせずに毎日を過ごすなんて落ち着かないんです。お願いです。私にも何かさせてもらえませんか？」

「そう言われても、貴族の妻は家にいることが仕事だよ」

「それは分かっています。ですが、夫人としてしなければならない仕事ができておりません」

「そうなのか？」

前々から伝えているのに、旦那様は初めて聞いたような顔をする。私の話をちゃんと聞く気はないのでしょうかと言いたくなった。

「サブリナさん。あなた、何が不満だと言うの？　あなたみたいな人間を妻にしてくれる人なんてアキームしかいないのよ？」

義姉のトノアーニ様は不満そうな口調で言うと、肩をすくめた。

あなたみたいな人というのは、どういうことなのでしょうか。

そんな疑問が浮かんだ時、義母のエレファーナ様が話し始める。

「アキームの誕生日パーティーで同じ学園の男子生徒にいじめられているところを、アキームに助けてもらったんでしょう？　誰かからいじめを受けるなんて、あなたの人間性がおかしいからだと、トノアーニは言いたいんだと思うわ」

過去のことで、人間性まで否定されるのはおかしいわ。そう思って言い返す。

「お言葉ですが、人間性の話をするのであれば、人を傷つける行為をする人間のほうがおかしいと思います」

「生意気な口を利かないで。あなたのそういうところが駄目だと言っているの。目上の人間に口答えするなんてありえないことよ。あなたのお父様には連絡を入れておきますから」

最悪だわ。

義母は結婚して一緒に住み始めてから、嫌なことばかりしてくる。結婚前までは優しかったから、こんなことになるとは思ってもいなかった。普通の人なら実家に助けを求めるところなんでしょうけれど、お父様も私のことを嫌っている。同志として認識でもしているのか義母とお父様は仲がいい。だから、何かあれば私のことをお父様に告げ口しようとするのだ。

私と実の両親は仲が良くない。私のことが嫌いな父に理不尽なことで暴力をふるわれても、母は父の顔色を窺ってばかりで、私の味方をしてくれたことは一度もなかった。両親に学園でのいじめが酷くて相談した時も、いじめられる原因を作った私が悪いのだと言われただけで解決しようとはしてくれなかった。

きっと今回も一方的にエレファーナ様の話だけ聞いて、数日後にカフェに呼び出され、罵声を浴びせられるのよね。

『全てお前が悪いのだ』

それが、父の常套句だもの。

両親にさえ嫌われているのだから、義母が私のことを好きではないのも当たり前かもね。

だって、彼女は必要以上に人を攻撃するタイプの人間だから、私のようなタイプはストレス発散のためのいい攻撃対象なのでしょう。

旦那様は美丈夫で、彼に憧れる女性は多かった。それなのに、婚約者が中々決まらなかったのは、義姉や義母が原因だった。ふたりは旦那様のことを溺愛していて、婚約者ができるたびに、その人に陰湿な行為を繰り返していたと聞いている。

しかも、彼女たちが旦那様の婚約者として選んでいたのは、嫌なことをされても言い返すことのない大人しい女性ばかりだった。

その噂は社交界で知れ渡っており、旦那様の婚約者になりたがる人はいなかった。それを知っていて、お父様は私を彼の婚約者にしたのだ。

私もその噂は知っていた。でも、義母は結婚前は本当に私には優しかった。だから、その噂は旦那様を奪われたくない誰かが流した嘘なのだと思い込んだ。嫁いだのは私の意思だから、そのことに今更、文句を言うつもりはない。でも、普通の親なら止めるべきところであると思うけれど、止めなかったのは、お父様が私は不幸になってもいい、と思っているからでしょう。

お父様は入り婿で何か気に入らないことがあれば、お母様に「結婚してやったんだから言うことを聞け」と怒鳴り散らしていた。赤ちゃんや小さな子供の甲高い泣き声が嫌いで「泣き声もうるさいし、女は跡継ぎにはなれないからいらない」と言って、知らない場所に置き去りにされたこともあった。

あの家から出られて、大好きな旦那様と一緒にいられるなんて幸せだと思っていたのに、義母たちから酷い扱いを受けるし、旦那様は出かけてばかりで、ほとんど屋敷にいない。

しかも、私のことを疎ましく思っているかもしれない。

「サブリナ、実家に帰るなんて馬鹿なことは考えないでおくれよ」

実家に帰るなどありえないということは、私の話を聞いてくれていたら分かっているはずだ。やっぱり、旦那様は私の話をちゃんと聞いてくれていないのね。

「サブリナ、視察から帰ってきたら、今度こそどこかへ一緒に出かけようね」

「……分かりました」

頷いた私を見た旦那様は満足そうに微笑んだ。

＊＊＊＊＊＊

次の日の朝早くに、旦那様は視察に旅立っていった。旦那様は毎回、見送りはいらないと言ってくる。でも、そんなことを義母たちが許すはずもないし、何より少しでも私は旦那様と一緒にいたかった。

馬車が見えなくなるまで、玄関のポーチに立っていると、エレファーナ様が話しかけてきた。

「また、今日からのんびりできるから良かったわね」

「あの、エレファーナ様、私もやはり何か手伝わせてもらえませんか」

「あなたなんかに伯爵夫人の仕事が務まるわけがないでしょう！」

「ですが、何もしなければいつまで経っても仕事を覚えることができません」

「覚えられるわけがないと言っているのです。そんなにも仕事がしたいのなら、メイドと一緒に洗濯物でも干していなさい」

吐き捨てるように言ったエレファーナ様が自分の侍女とともに屋敷の中に入っていくと、今度は義姉のトノアーニ様が話しかけてきた。

「あなたは仕事を覚えなくてもいいわよ。お母様が仕事をしなくなったら、私がやるから」

失礼なことだとは分かっているけど、この人は嫁に行くつもりはないんだろうかと思ってしまう。貴族の女性は二十歳前後で嫁ぐことが普通だ。でも、トノアーニ様は三十を過ぎているのに嫁に行く様子がない。結婚しないことも人生の選択肢のひとつだから確かめてみることにする。

「失礼ですが、トノアーニ様はこの家から出ていく予定はないのですか」

「ないわ。わたしはアキームと一緒にいたいの」

「それはどういうことでしょうか」

わかりきった答えではあるけれど、確認のために聞いてみた。

「あなたはわたしに嫁に行ってここから出ていってほしいのかもしれないけれど、わたしはアキームが大好き。だから、出ていくつもりはないの。わたしがここにいる以上はお母様がいなくなっても、あなたの仕事はないの。だから、諦めなさい」

「諦めてと言われても困ります。私だってアキーム様のお役に立ちたいんです！」

「あなたがアキームの役に立つなんて無理よ。あなた、アキームが視察先で何をしているのかも知らないんでしょう？」

トノアーニ様は鼻をフンと鳴らして言った。

「何をしているかって……、仕事ではないんですか？」

「そう本気で思っているのなら、それでいいんじゃないかしら」

「どういうことですか？」

質問しているのに、トノアーニ様は何も答えずに笑いながら私に背を向けて去っていく。

いつも、こんな風に話を打ち切られてしまう自分が情けない。人から受ける悪意に傷ついた経験があるからか、理不尽なことでない限り、これ以上、踏み込むことができなかった。

強くなりたいと願うのに、どうして行動に移せないの？

ため息を吐いて、近くにあった壁に軽く額を当てた。

トノアーニ様の言い方だと、やはり、旦那様の視察には何かある。考えられるとしたら浮気の可能性が高い。旦那様を信じたい気持ちもあるけれど、何もしなければ旦那様が浮気をしているかもしれないという不安はいつまでも拭えない。

それに、いつまでも、トノアーニ様たちに馬鹿にされるのも嫌だ。

私だって、自分ひとりで考えて行動できるのだということを示したい。

見てなさいよ。

額を壁から離し、心の中で決意したあと、まずは自分にできることを考えた。私にも一応、味方はいる。数少ない味方だから、あまり迷惑はかけたくない。

でも、何もしなければ何も変わらない。私は急いで部屋に戻り、両親よりも私のことを可愛がってくれている伯父夫婦に、旦那様の視察の様子をどうにかして調べられないか、相談をしてみようと筆を執ったのだった。

数日後、伯父様から手紙が届いた。

正確に言えば、届いたものは手紙ではなく報告書だった。旦那様は毎日、宿屋から出ない日々を過ごしており、誰かを部屋に連れ込んでいるようなことも、会っている様子もないと書かれていた。

視察に行っているはずなのに、宿屋から出ないというのもどうなのかと思う。視察をしてみて分かった情報を整理しているのかしら。そうだとしても、誰にも会っていないというのも変ね。

引っかかるところは多々あるけれど、女性と会っているわけではないと書かれていたので、私は浮気について疑うことをやめた。

それから時は過ぎ、旦那様の領地視察は、半年経っても続いた。特に変わりのない日々が続き、そろそろ私の気持ちに限界が近付いてきたある日のことだ。

私は旦那様の友人である伯爵が主催するダンスパーティーに出席することになった。旦那様はパーティーに行くために、薄い青色のイブニングドレスを「このドレスは僕が選んだんだ。君に似合うと思ったんだけど、どうだろう。気に入ってくれるかな」と言ってプレゼントしてくれた。喜んで受け取ると、今、流行りのドレスだとも教えてくれた。

大丈夫。私は愛してもらえている。大事にしてもらっているのよ。義母たちが嫌な人でも、大好きな旦那様に愛してもらえていればいい。ワガママを言っては駄目。

自分に暗示をかけて、日々の暮らしを乗り越えることにした。

＊＊＊＊＊

パーティー当日、主催者や他の招待客の人たちとの挨拶を終えると、旦那様は私の両肩に手を置いて微笑む。

「サブリナ、悪いんだけど、少しだけこの場を離れるから、ここで大人しく待っていてくれないか」

「……それはかまいませんが、どちらに行かれるのですか？」

「仕事の話をしないといけないんだ。パーティー会場内では騒がしくて、ゆっくり話ができないんだ」

「お友達の誕生日パーティーで、仕事の話をしなければならないのですか？」

「遠方の相手でね。いつもは手紙でやり取りしているんだけど、せっかくだから、会って話をしておきたいんだ」

「そうなんですね」

私が納得していないと感じたのか、旦那様は苦笑する。

「サブリナ、僕の仕事に興味を持っているみたいだけど、君は気にしなくていいことだから、大人しく待っていてくれないか？」

「仕事に関係のある方でしたら、妻として、私もご挨拶したいのですが」

「そんなことは必要ない！」

声を荒らげた旦那様に驚いていると、すぐに笑顔を作って優しく話しかけてくる。

「大きな声を出してごめんね。サブリナ、いいかい？　君はここで待っているんだよ。動いたら駄目だからね」

「お手洗いやメイクを直しに行くのはかまいませんか？」

「うーん。そうだな。まあ、それくらいならいいかな。だけど、用事が済んだらすぐにここに戻るんだよ」

「……承知しました」

不服そうにしているからか、旦那様は私を優しく抱きしめる。

「ひとりでいるのは寂しいかもしれないけど、分かってくれ。会場内をうろうろして、君がまた誰かにいじめられたりしている姿を見たくないんだ」

「……承知しました」

私が心配だと言うのなら、一緒にいてくれればいいのでは？　それに、私だってもう子供じゃないんです。自分の身は自分で守ります。

そう言おうとしたけれどやめた。不貞腐れているように思われても嫌だし、こんなところで喧嘩をするわけにはいかない。喧嘩になって、パーティーの主催者に迷惑をかけたくはないもの。

とりあえず今は我慢して、今日こそは帰りの馬車の中か寝室で話を聞いてもらいましょう。

旦那様がどこかに向かって歩き去っていく姿を見送ったあと、私は会場の隅に移動することにした。

　昔のトラウマは簡単に癒えるはずもなく、人の視線はまだ怖い。少し見られているだけで、悪口を言われている気持ちになる。今までは、旦那様の後ろに隠れているだけだった。

　でも、今日は顔を上げると決めて、ここに来た。

　俯いてばかりじゃ何も変わらないもの。気持ちだけじゃなく、行動で表さなくちゃ。

　顔を上げて、背筋をピンと伸ばした時、話し声が聞こえてきた。

「あら、あそこにいるのは、オルドリン伯爵夫人だわ」

「本当だわ。でも、おひとりでいらっしゃるわね。夫婦仲が良くないと聞いていたのだけれど、噂ではなかったみたいね」

　旦那様に言われた通り、大人しく会場で待つことにしたのに、意味がないじゃない。嫌な思いをすることに場所なんて関係ないんだわ。

　小さく息を吐いてから、旦那様と一緒に来たんです。今はいないだけなんです。そう言おうと、遠巻きに私を見て笑っている女性ふたりに近づいて声をかける。

「ごきげんよう」

「な、な、えっ」

「ご、ごきげんよう！　さようなら！」

　まさか、私から話しかけてくるだなんて思ってもいなかったみたい。ふたりは焦った声を出して、私が話し出す前に逃げていってしまった。先程のふたりは子爵令嬢だから、伯爵夫人になった私に目をつけられるのが嫌なのね。

昔の私は、あんな風に聞こえるように悪口を言われたら、俯いて涙をこらえているだけだった。そうすれば、満足してどこかに行ってくれたから。それにしても、気持ちだけじゃなく、立場が違うだけで変わってくるのね。

先程の女性たちの姿を探してみると、不安そうな顔でこちらを見ている。

そんなに怖がるくらいなら、最初から言わなければいいのよ！

小さな一歩かもしれないけど、やってやったわ！

それにしても、言いたいことを言って結果が出ると、本当にすっきりするものなのね。

気分が良くなったところで、先程、飲食をしたのでメイクが落ちているんじゃないかと気になった。メイク室に行くのはいいと言われていたし、まずは、会場の外にある付き人用の控室に行くことにした。

メイク直しを自分でできないことはない。

でも、メイク道具は専属メイドが持っているし、自分でするよりも、メイドにやってもらったほうがいいに決まっている。

それくらい移動するのはいいって言っていたわよね。駄目だったとしても、あとで謝りましょう。旦那様に迷惑をかけないことは大事なことだけど、許可を取るために捜し回るのも失礼よね。

　ここを出たら嫌な人に会うかもしれない。でも、今までの私とは違うから大丈夫。

　そう思っていたのに、控室には思った以上に人がいたから、言葉が出なくなってしまった。

中に入ることができず、入り口で立ち止まっていると、私の専属メイドであるノエラが駆け寄ってきた。

「奥様、どうかなさいましたか」

「あ、あの、ノエラ、悪いんだけどメイク直しをお願いしたいの」

「メイク直しはわたくしの仕事のひとつでもありますので、悪いんだけど、という言葉は必要ございません」

「そ、そうね。では、メイク直しをお願いするわ」

「承知いたしました。道具を持ってまいりますので、少々お待ちくださいませ」

　ノエラはエレファーナ様が雇ったメイドで男爵夫人だ。私に冷たくするように言われているようだけど、彼女は賢い人でエレファーナ様たちの前では私に冷たい態度を取り、私だけの前ではとても優しい。だから、心を許すとまではいかないけれど、頼りにしている。オルドリン家に来てすぐに、毅然とした態度をとるようにとアドバイスしてくれたのも彼女だった。

　メイク道具を持ったノエラと、メイク室に向かいながら話をする。

「本当は旦那様にメイク室以外に行ってはいけないと言われているの」

「承知しました。私が会場に顔を出したということにいたします」

ノエラは貴族だし、今日はドレス姿で来てくれているので、そんな話をしても旦那様は疑うことなく信じてくれると思う。

でも、駄目よね。

旦那様には誠実でいたいもの。誰かを傷つけないための嘘ならまだしも、誰かのせいにするような嘘はつきたくない。ノエラの気持ちは有り難いけど、今はやめておこう。

「ありがとう。あなたの気持ちは嬉しいけど、嘘は良くないから、ちゃんと話すわ」

「……そうですね。当主様のことですから、許してくださるでしょう」

ノエラが優しく微笑んでくれたので、私の顔にも笑みが浮かんだ。その時、背後から声をかけられた。

「あの、オルドリン伯爵なら向こうにいらっしゃいましたよ」

声をかけてきたのはウェイターだった。声をかけられたことには驚いたけれど、私が旦那様を捜していると勘違いしたのかと思い、笑顔を作って答える。

「親切にありがとう。でも、私は主人を捜しているわけではないの」

「そうでしたか。それは失礼いたしました」

若いウェイターは頭を下げて去っていく。でも、彼の様子が何だかおかしかった気がしてノエラに尋ねる。

「なんだか、気まずそうな顔をしているように見えたけれど、気のせいかしら」

「分かりません。でも、何か言いたげな様子だとは私も思いました」

ノエラは困ったような顔をして頷いた。そんな彼女に尋ねる。

「旦那様は用事があると言っていたけど、向こうで何をしているのかしら」

「当主様は何も言っておられなかったのですか？」

「ええ。仕事の話をするから会場を離れるとしか聞いていないの」

「そうでしたか」

ノエラは難しい顔をすると、ウェイターが示していた方向に歩き始めた。

「ノエラ？　どうしたの？　メイク室はそっちじゃないわ」

「気になりますので、様子を見てこようと思います。奥様はこちらでお待ちいただけますか」

「駄目よ。勝手に人様の敷地内を歩いていると、あなたが怒られてしまうわ」

「……ですが、やはり気になります」

ノエラは我儘を言うようなタイプではないし、彼女がこんな行動をとるということは、よほど、気になるのだと思う。そして、気になるのは私も同じだった。

「そうね。やっぱり気になるわよね。ノエラ、悪いけれど一緒に行ってくれる？」

「もちろんでございます」

ダンスホールから本邸に続く廊下には、武装した兵士が等間隔に並んで立っている。だから、間違えてプライベートな場所に入り込むことはない。早足で歩いていくと、中庭に続く小道に突き当たった。すると、そちらのほうからひそひそと話す声が聞こえてきた。小道ではなくその奥にある木々の間に目を向けると、ぼんやりとだが、ふたりの人影が見えた。

「別れるのは無理だよ。母上が許さない」

「面倒なお母様ね。捨ててやることが、あの女にとっては一番辛いことなのに」

若い男女の声だった。しかも、聞き覚えのある声だ。

『別れるのは無理だよ』

そう言っていた声は、旦那様の声にそっくりだった。でも、たとえ、違う人だったとしても立ち聞きするのはいいことではない。

そう思って、来た道を戻ろうかと思った。でも、ノエラを見ると無言で首を横に振ったので動かそうとしていた足を止めて尋ねる。

「どうかしたの？」

「こんなことを言いたくはないのですが、話の内容は酷いものです。当主様かどうか確かめるべきではないでしょうか。違っていましたら、聞かなかったことにして立ち去りましょう」

「分かったわ」

そうよね。まだ、旦那様かどうかは分からない。そう思いながらも、嫌な話をしていることは分かったから、無意識のうちに逃げようとしてしまっていた。それじゃあ、今までと変わらないわ。

話をしているのが旦那様だったとしたら、女性と私の話をしていることになる。

もし旦那様だった場合、怒られてもいいから、こんな所で何をしているのか、何の話をしていたのか問いただそう。問いただすなら言い逃れのできない、今しかないもの。

それに、旦那様らしき人と話をしている相手が誰なのか、確信を持ちたいという気持ちも強かった。

足音を忍ばせて近付いていくと、声が少しずつ大きくなってくる。

「うっふふ！　本当におかしくて笑っちゃうわ。でも、アキーム様、あなたも最低な男よね。あの女に意地悪をしたいからって本当に結婚してしまうだなんて！」

女性の『アキーム様』という発言を聞いて、私とノエラは顔を見合わせた。

やっぱり話をしているのは旦那様で間違いなさそうだわ。

そう思った時、旦那様の声が聞こえてくる。

「人聞きの悪いことを言わないでくれよ。意地悪をしたいのは僕じゃない。母と姉、そして君だ」

「そうだけど、望んで加担したのはあなたよ。しかも、何年も前からの計画だった。あの女があなたに心を許した、例の誕生日パーティーの出来事だって、あなたが仕組んだんじゃないの」

……どういうこと？

女性の発言を聞いた私は、頭がパニックになりそうだった。

「しょうがないだろう。あの時のサブリナは僕に警戒心を持っていたんだ。ああすることによって、警戒心を解くしかなかったんだよ。そのかいもあって、今のサブリナはまったく僕を疑っていない。それでいいだろう」

「そうね。騙されていることも知らずに、幸せそうな顔して暮らしているなんて、本当に馬鹿な女だわ！」

「馬鹿なんて言ってやるなよ。それだけ、僕の演技も捨てたもんじゃないってことさ」

ふたりの笑い声が聞こえてきた時、一瞬だけだが、私はショックで頭が真っ白になった。

ちょっと待って。あの時、助けてくれたのは旦那様が仕組んでいたからなの？　だから、あんなにいいタイミングで現れたの？

もし、本当にそうなら絶対に許せない。

「自分で言うのはやめなさいよ。それに、あなたの演技がどうこうじゃなくて、あの女が鈍いだけだと思うわ」

「それはそうかもしれないな。でも、彼女は今、僕との生活を幸せだと感じているようだしいいだろう。母たちもサブリナというおもちゃができて楽しんでいる。皆が幸せでいいじゃないか」

「あなたがあの女をおもちゃにしたくなる気持ちは分かるわ。わたしだって学生時代はサブリナのことをそう思っていたもの」

　ふたりが立っている場所には外灯がない。

　だから、ふたりのはっきりとした表情は見えない。でも、顔を見なくてもふたりが誰だか分かった。

　話をしているのは旦那様と彼女で間違いない。彼女というのは、学生時代、私を執拗にいじめてきた人物、ベル・ラファイ伯爵令嬢だ。

　あの声を私が聞き間違えるはずがない。

　当時の私は声をかけられただけで過呼吸になってしまうくらいに、彼女のことを怖れていたからだ。

　でも、なぜかしら。今は怖くない。それだけ、強くなれたということ？　ううん、違う。私はまだ強くなんてなれていない。恐怖よりも怒りと憎しみの感情が勝っているだけだ。

「本当に幸せだと思っているのなら、サブリナは正真正銘の馬鹿ね。義母たちには嫌なことをされて、最愛の夫にも放っておかれているというのに幸せだなんてありえない」

「彼女には僕しかいない。だから、僕といるだけで幸せを感じることができるんだ」

「あなたがお世話をしてやっているのね？」

「そうだ。僕がいなければ、彼女はひとりぼっちだ。僕に依存している彼女を僕がどう扱おうが文句を言われる筋合いはないよ。彼女がどう生きるかは僕が決めるんだ。彼女に権限はない」

「あなた、性格が悪いわね」

「嬉々として彼女をいじめていた人に言われたくないよ」

黙って聞いていられなくて、声をあげようとした時、ノエラに止められた。

「当主様に知られてはいけません！　奥様が話を聞いていたことが分かれば、部屋に軟禁、もしくは監禁される可能性があります。それでもいいのですか？」

「そこまでするかしら」

「あの言い方ですと、奥様に決定権は何ひとつありません。奥様が話を聞いたとわかれば、何か理由をつけて、奥様を外へ出さないようにするでしょう」

「どうして外に出さないようにするの？」

「悪い噂を流されれば困るでしょう」

私の話をどれだけの人が聞いてくれるかは分からない。でも、旦那様にとっては、他の人には知られたくない話でしょうから、外界との連絡を取れないようにするでしょうね。

「……そうなると、もう、一生逃げられなくなる可能性があるということね」

「そうです。今は、何も知らないふりをすべきです。そして、逃げる準備を整えてください。逃げるまでは気を抜いてはいけません」

「……分かったわ」

私に逃げる場所なんてない。だから、これから見つけなくちゃ。そのためには、行動の自由が必要だわ。

もっとふたりの会話を聞いて、情報を仕入れておきたい。かといって、こんな場面を誰かに見られても困るし、旦那様たちにバレてしまっては意味がない。そう考えた私たちはこの場を離れることに決めた。

「お相手の女性の顔が見えなかったので、誰だか分からなかったのが残念ですね」

「いいえ、分かるわ」

ゆっくりと歩き出しながら、旦那様と話をしている相手が、私にとっては因縁の相手であるラファイ伯爵令嬢だと、ノエラに伝えようとした時だった。

「うわあ！」

旦那様の叫び声が聞こえたので、見つかってしまったのかと焦る。すると、ラファイ伯爵令嬢の焦った声も聞こえてきた。

「リ、リファルドさま！　ど、どうしてこんなところに？」

ラファイ伯爵令嬢の婚約者である、ワイズ公爵家の嫡男、リファルド様がふたりの前に現れたらしい。私たちは慌てて物陰に隠れた。

ワイズ公爵家は王国内では五大公爵家のひとつと言われており、現在の公爵閣下は王家の親戚に当たるため、強い力を持っていると言われている。

ここからでは姿は見えないが、ワイズ公爵令息は長身痩躯で整った顔立ちをしている。黒色の髪に赤色の瞳。吊り目気味の目と、無表情でいることが多いせいか、近寄りがたい雰囲気を醸し出している人で、臆病だった私は彼を見るだけで近寄ることはなかった。

「……こんなところで堂々と浮気か」

ワイズ公爵令息の声はとても低くて冷たく感じ、声を聞いただけで怒りが伝わってきた。

「う、浮気ではございません！」

「そうです！　僕たちは、たまたまここで出会っただけです！」

そんな言い訳が通じると思っているの？　その理由で納得するのは今までの私くらいだわ。

……って、自分でも虚しくなるわね。今までの私はそんな馬鹿みたいに聞こえる話でも、旦那様の言うことだからと信じていたんだもの。

「……ここはワイズ公爵令息に任せて行きましょう」

ノエラを促し、私たちはメイク室へと急いだ。

＊＊＊＊＊

パーティー会場に戻ってしばらく経っても、旦那様は会場内に戻ってこなかった。メイクを直し終え、苛立ちと悲しみで声をあげたい気持ちをこらえて会場の隅で待っていた時、会場内が一気に騒がしくなった。

「ワイズ公爵令息だわ！」

「今日も素敵ね！」

「見た目だけなら、男の僕でも惚れ惚れするもんなあ」

そんな会話を聞いて、騒がしくなった理由が、ワイズ公爵令息が会場内に入ってきたからだと分かった。

もう、旦那様たちとの話は終えたのかしら。一体、どんな風になったの？

そんな疑問を頭に思い浮かべながら、ワイズ公爵令息がどこにいるのか確認しようとすると、人だかりの向こうから今日の主催者である伯爵の声が聞こえてきた。

「申し訳ないが、こちらに注目願います。ワイズ公爵令息から話があるとのことです」

話ってまさか、さっきのことかしら。

話を少しでも近くで聞きたくて移動しようとした時、旦那様が戻ってきた。怖い思いでもしたのか、どこか顔が青ざめているようにも見える。

「サブリナ、ここにいたのか。待たせて悪かったね。……おや。どうして、人が向こうに集まってるんだろう」

「どんな話かは分かりませんが、ワイズ公爵令息からお話があるそうです」

「わ、ワイズ公爵令息から？」

旦那様は焦った顔になると、私の腕を掴む。

「サブリナ、今日はもう帰ろう」

都合の悪いことを言われると分かっているからだわ。

そう思った私は旦那様の手を振り払う。

「嫌です。どんなお話なのか気になります。旦那様、お願いします。特に用事があるわけではないのですから、そんなに焦って帰らなくてもいいでしょう？」

「それはそうだけど、どうしたんだよ。ワイズ公爵令息の話なんて君には関係ないだろう。僕は話に興味はないし、もう帰りたいんだ。頼むから帰ろう」

「お願いです。話を聞かせてください」

「駄目だ！　どうして、今日に限って我儘を言うんだよ」

旦那様が声を荒らげると、近くにいた男性が「ちょっと静かにしろよ」と注意してきた。公爵令息が話すと言っているからか、出入り口の扉の前には兵士が立っていて、会場内にいる人を外に出られないようにしている。

一体、これから何が始まるんだろう。旦那様とラファイ伯爵令嬢のことを話すつもりだったとしたら、私は絶対に聞いておかなければならない。

多くの人に囲まれているせいで、ワイズ公爵令息の姿は私からは見えない。でも、彼の言葉は私の耳にはっきりと届いた。

「ラファイ伯爵令嬢がとある既婚男性と逢引きしていた。その証拠を押さえたため、今、この場をもって彼女との婚約を破棄することを宣言する」

　ざわついていた会場内は一気に静まり返り、息を呑む音だけが聞こえてくる。無言で旦那様に目を向けると、顔が真っ青になっていた。

　やっぱり、相手はラファイ伯爵令嬢だったのね。

「こ、婚約破棄だなんて、嫌です！　逢引きをしていたなんて誤解です！」

　沈黙を破ったのは、ラファイ伯爵令嬢だった。

　それにしても、どうしてワイズ公爵令息は、今この場で婚約破棄を宣言したの？　別に、この場である必要はないはずなのに――。

「ラファイ伯爵令嬢、何か言いたいことがあるようだから、一応、聞いておこう」

「リファルドさま、わ、わたしは逢引きなんてしていません！　誤解ですわ！」

　ラファイ伯爵令嬢が訴えると、ワイズ公爵令息は鼻で笑う。

「では、どうして、あんな木の陰で既婚男性とふたりきりで話をしていたんだ？」

「で、ですから、その、話をしていただけです！」

「いい加減にしてくれ。俺が偶然にあの場に居合わせたと思っているのか？　そんなわけがないだろう。怪しいと思って調べた結果、君が浮気していることが分かった。そして、その相手と今日も会うだろうということもな」

　ワイズ公爵令息がそう言った瞬間、旦那様の体が震え始めた。

「……旦那様、どうかされましたか？」

聞かなくても震えている理由は分かっている。浮気相手が自分だと分かれば、妻がいるにもかかわらず、公爵令息の婚約者を奪った男だと言われ、社交界から爪弾きにされるからだ。

ワイズ公爵家は筆頭公爵家だ。目をつけられれば厄介なことになるのは考えなくても分かる。

浮気していたと証明されれば、オルドリン伯爵家は終わりでしょうね。彼の妻のままでいれば、私も巻き添えを食らうことになりそうだ。

「わ、わたしは浮気なんてしておりませんわ」

ラファイ伯爵令嬢はまだ誤魔化せると思っているようで、口元を引きつらせて尋ねた。

そう簡単に自分がしていたことは悪いことだと認める気にはならないんでしょうね。彼女が私の旦那様と浮気をしていたせいで、ワイズ公爵令息から婚約破棄されたとラファイ伯爵夫妻が知れば、彼女は家を追い出される可能性もあるからだ。

「調べたと言っているだろう。大体、先程の出来事はどう説明する？」

「そ、それは……っ」

崖っぷちに立たされた彼女がどんな顔をしているか見に行きたい。そう思った時、旦那様が私の腕を掴んで歩き出す。

「サブリナ、帰ろう。気分が悪くなったんだ。もう立っていることも辛い」

「……顔色が悪いですものね。ですが今、馬車に乗れば、もっと体調が悪くなる可能性があります。帰る前に休憩室でお休みになったほうがいいのではないですか」

「いや、知らない場所よりも、揺られたとしても慣れた馬車の中のほうがいい。さあ帰ろう」

「待ってください！　ワイズ公爵令息はまだお話しされていますよ！」

の招待客からあなたが浮気相手だと疑われますよ！」

「ば、馬鹿な！　そんなわけないだろう！」

「ですわよね。それなら、ここにいるべきですわ。まさか、心当たりがあるから気分が悪いわけではないですわよね？」

「あ、当たり前だ！」

「それなら良かったです！　後ろめたいことがないのなら黙って話を聞きましょう！」

わざと大きな声を出して話をしていると、ワイズ公爵令息が気づいてくれた。

「話をしている最中だぞ。殺されたいのか」

ワイズ公爵令息の冷たい声が響く。人が退いたため、一直線に私たちとワイズ公爵令息との道が開き、彼とラファイ伯爵令嬢の顔が見えるようになった。

ラファイ伯爵令嬢はなぜか私を睨みつけている。一瞬、怯みそうになった自分を奮い立たせる。

あの人はもう終わりよ。怖くなんかない。

そう思って睨み返すと、ラファイ伯爵令嬢は驚いた表情になって私を見つめた。

「騒がしくしてしまい申し訳ございません。気分が優れないもので、本日は失礼させていただこうかと思った次第です」

旦那様が謝ると、ワイズ公爵令息は口元に笑みを浮かべる。

「どうした。俺の話を聞いて気分が悪くなったか」

「そ、そういうわけではございません！」

旦那様は一段と落ち着きがなくなり、そわそわし始めた。額から汗が噴き出すように流れ、床に滴り落ちる。この様子だけで、ラファイ伯爵令嬢のお相手が誰なのか、一目瞭然だった。

「ワイズ公爵令息にお詫び申し上げます」

「夫人を責めているわけではない」

私が深々と頭を下げると、ワイズ公爵令息は旦那様からラファイ伯爵令嬢に視線を移した。

ラファイ伯爵令嬢は水色のストレートの長い髪を揺らし、吊り目気味の目を細くして、ワイズ公爵令息に訴える。

「話をしていただけで浮気だなんて、たとえそれが嫉妬からくるものだとしても言っていいことではありませんわ！」

「そ、そうです！　ワイズ公爵令息は誤解しておられます。私と彼女はただ、話をしていただけです！」

旦那様も一緒になって訴えた。

ワイズ公爵令息は既婚男性と言っただけで、旦那様のことだとは言っていない。それなのに、自分から白状してしまった。

そのことに気がついたラファイ伯爵令嬢が旦那様を睨みつけると、旦那様は焦った顔になって口を押さえた。

「……旦那様、お仕事の話をすると言っておられたのに、ラファイ伯爵令嬢と会っていたんですか？」

今初めて知ったような体（てい）で聞いてみた。

今まで、こんな演技をしたことなんてないから上手くできているかは分からない。でも、動揺している旦那様には、これが演技だと見抜く余裕はなかった。

「いや、そ、その、たまたま会ったんだよ。ほら、えっと、その仕事の話を終えたあとにね。それで、その、話をしていただけなんだ」

「納得できませんが、質問を変えます。仕事の話というのは誰とされていたんですか？」

どうせ、そんな人はいないのでしょう？

そんな気持ちが顔に出ないように気をつけて聞いてみると、旦那様は苦笑して答える。

「それはその、もう帰ってしまったし、君の知らない人だ。名前を聞いても分からないよ」

「夫人が知らなくても俺は知っているはずだ。名前を教えろ」

私が答える前に、ワイズ公爵令息が言った。

私よりも年齢はひとつ年上なだけなのに、ワイズ公爵令息はとても落ち着いている。

でも、冷徹な性格だと言われているから、見つめられるだけで怯えてしまう人も多い。実際に彼に睨まれた旦那様も、彼の圧力に押されてしまっている。

「あの、それは、その、平民が相手ですので、リファルド様もご存じないかと」

「平民なんて呼んでいませんよ」

旦那様の友人である主催者の伯爵は、旦那様を庇う気はなさそうで、ワイズ公爵令息が何か言う前に即座に否定した。ワイズ公爵令息は蔑んだような目で旦那様を見つめる。

「だそうだ」

「へ、平民だと、そ、そう思い込んでいただけかもしれません。あの、あまり社交場では見ない顔ですから」

「話した内容をこの場で話せないということは理解できる。仕事の話だからな。でも、会った人物を教えるくらいはいいだろう。それとも、人に知られたくない取引でもしているのか」

「い、いいえ」

「なら、誰と話をしていたのか教えろ」

「それは……、その、名前を知らないんです」

仕事の相手先の名前を知らないなんてありえないでしょう。

さすがにそんな言い訳が通るはずはない。これ以上、くだらないことで時間をかけたくないわ。

私は小さく息を吐いてから、旦那様に話しかける。

「旦那様、正直に話してくださいませ」

「サブリナ！　君まで僕を疑うのか？」

「信じているからこそ聞いているんです。何もやましいことがないのなら、相手が誰か話せるはずです」

心臓が耳の近くにあるのではないかと思うくらいに鼓動が大きく感じる。

息が荒くなってきたのは、緊張感に耐えられなくて過呼吸になりかけてきたのかもしれない。

でも、ここで引きたくない！

すると、ワイズ公爵令息がため息を吐く。

「まあいい。仕事の相手とやらの話は、屋敷に帰ってふたりで話をしてくれ。質問を変えよう。オルドリン伯爵、ラファイ伯爵令嬢との関係を教えてくれないか」

「ど、どういうことでしょうか」

「俺の言葉に反応したということは、ラファイ伯爵令嬢と話をしていたんだろう？　夫人を会場に残してまで話をする関係とはどんな関係か教えてほしい」

ワイズ公爵令息の顔には笑みが浮かんでいる。その笑みは優しい微笑みなどではなく嘲笑にしか見えなかった。

今になって、ワイズ公爵令息がこの場で婚約破棄を宣言した理由が分かった。

彼は大勢の前で、ラファイ伯爵令嬢と旦那様の社会的地位を失墜させるために公開処刑をしようとしているんだわ。

ワイズ公爵令息が、私のことをどうするつもりなのかは分からない。旦那様と一緒に私も社会的に潰すつもりなのだろうか。いつも通りの展開であれば、全て私の責任というわけの分からないことにされてしまう。今回ばかりはそうはさせないわ。

警戒しながら、旦那様の答えを待つ。

「その……、妻とラファイ伯爵令嬢は仲が良くないと聞いていましたから残していったんです。僕とラファイ伯爵令嬢は家族ぐるみの付き合いで、特別な関係というわけでは……」

旦那様は助けを求めるかのように、ラファイ伯爵令嬢に目を向けた。でも、彼女は答えようとはしなかった。しびれを切らしたワイズ公爵令息が急かす。

「俺も暇じゃないんだ。これ以上何も言うことがないのであれば帰らせてもらう。婚約破棄の手続きをしないといけないからな」

「お待ちください！　改めてお話する機会をちょうだいできませんか！　落ち着いてから、わたしのお話を聞いていただければ、わたしが無実だと分かってくださると思うのです！」

「嫌だ」

「えっ」

断られると思っていなかったのか、ラファイ伯爵令嬢は口を大きく開けて呆然としている。

そんな彼女を見たワイズ公爵令息は冷笑し、おどけたように首を傾げる。

「どうして悪いことをした奴の都合に合わせないといけないんだ。その由を教えてくれ」

「疑っておられるような悪いことはしていません！　あ、あの、皆さま、聞いてくださいませ！　本当に私とオルドリン伯爵は何の関係もないのです！　信じてください！」

「うそ」

『嘘をつかないで』と言おうとした時、ワイズ公爵令息から睨まれた。

今は口に出すなということなの？

ワイズ公爵令息に逆らう勇気はないし、逆らったとしても自分にいいことにならないことは分かっている。素直に口を閉ざすと、ワイズ公爵令息は視線を私からラファイ伯爵令嬢に移した。

「信じられないな。というか、俺が感情的に婚約破棄をしたとでも思っているのか」

「えっ」

また、ラファイ伯爵令嬢は間抜けな声をあげた。

それはそうよね。婚約破棄だなんて、自分ひとりで判断していいものではない。

私とは違って、ワイズ公爵令息は分かっていて、ふたりが密会している場所に行ったんだわ。

……そういえば、隣国の駐在員として働いている、私の従兄のゼノンは、ワイズ公爵令息と仲がいい。もしかすると、伯父様に旦那様のことを相談して調べてもらった時に、ラファイ伯爵令嬢が浮かんできたのかもしれないわね。

でも、それならそれで、どうして私に言ってくれなかったの？

きっと、伯父様がゼノンに話をして、ゼノンからワイズ公爵令息に連絡がいったのだと思う。ゼノンは貴族とは思えないくらいに口が悪くて、お調子者のようなところがある。でも、根は真面目で、昔から私みたいな人間にも優しかったのに。

……って違うわね。優しいから言えなかったんだわ。

伯父様たちが私を傷つけないように真実を隠しているという考えが頭になかった。ワイズ公爵令息はきっと、ゼノンからラファイ伯爵令嬢の浮気相手が旦那様だと、私にばれないようにしてほしいと頼まれたのでしょうね。でも、旦那様が自分で白状してしまったから意味がなくなった。だから、ワイズ公爵令息は攻め方を変えて、旦那様も巻き込むことにしたのでしょう。

このままでは、せっかくの伯父様たちの配慮が無駄になってしまう。なら、私自身の準備が整うまでは、従順なふりをし続けなくちゃ。そんなことを考えている間に、ワイズ公爵令息は話し始める。

「ラファイ伯爵令嬢、もう諦めろ。今までのことは全て調べてある。彼との関係もな。この目で見るまで泳がせていたが、警戒心がなさすぎて助かったよ」

「な、え、そ、そんな、その」

ラファイ伯爵令嬢は助けを求めるように旦那様を見た。すると、旦那様が焦った顔で叫ぶ。

「その、誤解です！　僕と彼女は昔からの、そう、家族ぐるみの付き合いなんです！」

「……そうだったのですか？」

さっきのふたりの会話からすると、この話は嘘ではない。ここは反応すべきところだし、私自身も知りたい話だ。初めて聞いたふりをして尋ねると、旦那様は頷く。

「え、あ、そ、そうなんだ。母親同士の仲が良くって、それで昔から交流があるんだよ」

「……それは知りませんでした。ということは、以前から、ラファイ伯爵令嬢とは仲が良かったということですよね」

「そうだよ。だから、疑うのはやめてくれ」

「仲が良かったのに止めてくれなかったんですね」

「止める？」

不思議そうに聞き返す旦那様に答える。

「学生時代にラファイ伯爵令嬢からいじめられていると、伝えていましたよね」

私の発言で、静かだった会場内がざわめき、ラファイ伯爵令嬢は焦った顔で叫ぶ。

「そ、そんな！　いじめだなんて人聞きの悪いことを言わないでください！　サブリナさん！あなた、伯爵令嬢にそんな失礼なことを言っていいと思っているの⁉」

「事実を口にしたまでです」

「嘘をつかないでと言っているの！　あなたのことはわたしの父に報告させてもらいますから！」

ラファイ伯爵令嬢は私が怯むと思ったのか、自信ありげな笑みを浮かべた。

彼女には悪いけど、私は怖くなんかない。今の彼女は追い詰められている。過去のことを調べられたら、いじめの目撃証言が出てきて、謝らなければならなくなるのは彼女だ。

子供の時とは違い、今は私が有利な立場にある。そう思うと、私にも自然と笑みがこみ上げてきた。

「どうぞ、報告なさってください」

「な、な、どうして笑っているのよ！」

「学生時代、泣いてばかりいたら、『泣くことしか能がないのか』と、あなたから言われましたので笑おうと決めたんです。そのほうが気持ちが前向きになれますから」

「嘘よ！　わたしはそんなことは言ってないわ！」

いじめをしていたことが大勢に知られては困るのか、ラファイ伯爵令嬢は必死の形相で叫んだ。

それだけ動揺していたら、本当のことだと言っているようなものよ。どうして、昔の私はこの人のことをあんなに怖がっていたんだろう。

「嘘ではありません。何度も言いますが、どうぞ私の言ったことを、あなたのお父様に報告してくださいませ」

「サブリナ、どうしたんだ。恐怖でおかしくなっているのか？　それは良くないことだから、もう帰ろう」

旦那様はこの場から逃げ出したくて仕方がないらしい。私のせいにして帰ろうとしている。思い通りになるのも癪だけど、私も色々と頭を整理したいので、ここは帰らせてもらうことにしましょうか。

私は様子を見守っていたラファイ伯爵令嬢に話しかける。

「ラファイ伯爵令嬢、あなたがワイズ公爵令息から婚約破棄をされてしまったという話が、明日の新聞に載ることを楽しみにしていますわ」

「なんてことを言うのよ！」

顔を真っ赤にして叫ぶラファイ伯爵令嬢の隣で、ワイズ公爵令息はなぜか満足そうな笑みを浮かべた。周りが驚いた顔をしているのは、私がこんなことを言うとは思っていなかったからかしら。それとも、ラファイ伯爵令嬢の本性がこんな人だったということに驚いているのか、どちらなのかは分からない。

少しの間を空けて、ワイズ公爵令息は笑みを消すと、ラファイ伯爵令嬢に話しかける。

「乱れているぞ」

「……はい？　あ、えっ⁉」

ラファイ伯爵令嬢は慌てた顔をして黒色のプリンセスラインのドレスの胸元に手を当てた。これも、ワイズ公爵令息の罠だった。

普段よりも目を細めて彼は言う。

「乱れていると言っただけだ。ドレスだなんて言っていない」

「え、あ、その、乱れていると言われたら、身だしなみのことかと思いまして」

「俺は息が荒くなっていると言いたかったんだが、何と勘違いしたんだ？」

「え、あ、は、はい、えっと、その……」

ドレスを気にしたということは、私が行く前にふたりは話ではなく、何かしていたのかもしれない。

……やっぱり、旦那様は不倫していたのね。

私への愛情がないのだから、そんなことをしていても、ひとつも悪いとは思わなかったんでしょうね。夜のお相手がいるんなら、私に興味がなくて当たり前だわ。一度も体の関係がない理由が分かったし、関係を持たなくて、本当に良かった。

黙り込んでいる旦那様たちに目を向ける。旦那様の顔もラファイ伯爵令嬢の顔も笑ってしまいそうになるくらいに真っ青だ。

今まで好き勝手していた罰が当たったのよ。ここで畳みかけたいところだけど、私がやるにはまだ早い。オルドリン邸を出ていくまでにしなければならないことがある。

こう思うとお義母様たちが私に仕事をさせないようにしてくれたこともいいことだった。仕事を途中で放りださなくて済むんだもの。

旦那様を見ると、何とか平静を保とうとしているのか、引きつった笑みを浮かべている。旦那様は今まで弱いものにばかり攻撃してきた。だから、今日になって初めて自分よりも格上に睨まれた時の恐怖を味わったのだ。

それは、ラファイ伯爵令嬢も同じことだった。逃げ道を探しているのか、周りに視線を送っているけれど、誰も相手にしない。すると、ワイズ公爵令息が私に話しかけてきた。

「オルドリン伯爵夫人。主人の体調が悪そうだから心配か？」

決してそんなことはない。だけど、もう帰れという意味だと察した私は、素直に頷く。

「……はい。大事なお話し中に申し訳ございません。本日は失礼させていただきたいのですが、お許し願えますでしょうか」

「俺はかまわない」

「私もワイズ公爵令息がいいとおっしゃるなら結構です」

主催者の伯爵からも承諾を得たので、放心状態の旦那様に声をかける。

「帰りましょうか、旦那様」

「……え？　あ、ああ、そうだな」

逃げようとする旦那様に、ラファイ伯爵令嬢が叫ぶ。

「ちょっと待ちなさいよ！　ひとりだけ逃げるつもり⁉」

「おい。君の相手は俺だ。オルドリン夫妻と話がしたいなら別の日にしろ。藪をつつかれたくないなら大人しくしているのが一番だぞ」

ワイズ公爵令息はそう言って鼻で笑った。

ラファイ伯爵令嬢が私にしていたことは、当時は子供のやることだからと許されていたとしても、大人になった今となっては許されない。ワイズ公爵が過去の話を持ち出せば、さすがのラファイ伯爵も過去を遡って調べざるを得ない。嫌がらせは事実だし、彼女は大人になったはずの今も反省していない。

だから、婚約破棄の件だけじゃなく、私への嫌がらせも彼女にとってはマイナス要因になるはずだ。

自業自得だわ。

大人になっても精神は子供のまま。存分に後悔して大人になればいい。

一度つけられた心の傷は中々癒えない。私のように長い間、苦しめばいいのよ。

そして、旦那様。それはあなたにも同じことを思ってもいいわよね。

「サブリナ、助かったよ。僕を信じてくれてありがとう」

帰りの馬車の中で旦那様は私を抱きしめ、私の頭に自分の頬を寄せる。

「それにしても、ワイズ公爵令息は怖かったな。さっきのことでの心労が酷いし、気分転換をしたいと思う。明日から静養がてら、また視察に行くことにするよ。君にはまた寂しい思いをさせてしまうけど分かってくれるよね」

「かまいませんわ。旦那様のお好きなようになさってください」

そのかわり、私も好きなようにさせていただきますから。

離婚するには本人のサインが入った離婚届が必要だ。でも、本人が書いたかどうかなんて役所の人間には分からない。

大切なのは、本人に『離婚を承諾していない』と言わせないことだ。

旦那様の代わりにサインしてくれる人を探し、それが本物であると証明してくれる人が必要だわ。

第二章　さようなら、旦那様

次の日の朝から、騒ぎがおさまるまでは帰らないと言って、旦那様は逃げるように視察という名の旅行に出かけていった。旦那様が出ていくとすぐに、義母のエレファーナ様が話しかけてきた。

「ちょっと、サブリナさん。アキームの様子がおかしかったんだけど、何か知っているの？　あんな様子のアキームをひとりにしていいのか心配だわ」

「ゴシップ記事をお読みになれば分かるかと思います」

多くの貴族が読む一般的な新聞の朝刊には間に合わなかったのか、もしくは、正式発表ではないと判断されたのか、婚約破棄の件は載っていない。でも、ラファイ伯爵令嬢が既婚者の男性と関係があったのではないかと、ゴシップ紙には取り上げられていた。

「逃げても無駄ですもの。何が起きたか分かれば、すぐに帰ってくるはずですよ。……新聞を見ていなければ別ですけど」

「サブリナさん！　あなた、自分の夫の体調が心配じゃないの⁉」

「……心配していません」

「なんてことを言うの！」

私の挑発にのったエレファーナ様は、持っていた扇で私の頬を叩いた。私は叩かれた頬を押さえ、エレファーナ様に尋ねる。

「私は駄目な妻でしょうか」

「そうね！　駄目に決まっているじゃないの！　憔悴している夫を見て心配じゃないだなんて、本当に酷い女だわ！　あなたみたいな子をアキームの嫁にさせるんじゃなかった！」

「ですわよね。私もそう思います」

「……は？」

エレファーナ様はぽかんと口を開けて私を見つめた。

「私と旦那様が離婚すれば、新たな妻を迎えられます。新たな妻は」

わざと少しだけ間を空けてから続ける。

「ラファイ伯爵令嬢なんていかがでしょうか。彼女はワイズ公爵令息から婚約破棄をされるそうですから」

「……なんですって？」

エレファーナ様が明らかに動揺しているのが分かった。

「エレファーナ様、旦那様に私との離婚を承諾するように言ってください。旦那様はお義母様のことを愛しています。あなたの言うことなら聞くでしょう」

「ちょ、そんな、あなた、どういうことなの」

　エレファーナ様がこんなに動揺しているところは初めて見た。心に余裕がなくなっている今なら話してくれるかもしれないと思って質問してみる。

「ラファイ伯爵令嬢は既婚者の男性と浮気しているそうです。そのことはご存じでしたか？」

「え、あ、そ、そうだったの？　それは知らなかったわ。驚きね」

「そうでしたか。昨日のパーティーで旦那様がラファイ伯爵令嬢の浮気相手だと疑われた時に、旦那様は自分ではないと言っておられましたが、どうも納得がいかないのですよね」

「何が言いたいの？」

「妻の私をパーティー会場に置いていっただけでなく、ラファイ伯爵令嬢のことを仕事の相手だと嘘をついたのです。やましいことがなければ、密会したりしないでしょう？」

「たまたまよ。彼女と会っているとわかれば、あなたが色々とうるさいと思ったんじゃないのかしら」

　エレファーナ様は旦那様を守ろうと必死だった。

「そうですか。まあ、いいでしょう。ところで、旦那様とラファイ伯爵令嬢は家族ぐるみのお付き合いなのですよね？」

「そ、そうだけど」

「では、旦那様の再婚相手としてはいいお相手なのではないでしょうか。ラファイ伯爵令嬢は浮気相手と別れることができますしね。ですが、万が一、旦那様がラファイ伯爵令嬢の浮気相手だった場合は、ワイズ公爵家への慰謝料が大変でしょうし、そうでないことを祈っていますわ」

笑顔を作って言うと、エレファーナ様は不安になったのか、口に手を当てた。

「どうかなさいましたか？」

公爵家から慰謝料を請求されたなら、莫大なものに決まっている。そのことを考えると、気が気じゃないのかもしれない。そのいざこざに巻き込まれないために、私は早々に旦那様と離婚しなければならない。

エレファーナ様は少し考えたあと、私の問いかけに答える。

「あなたがわけの分からないことを言うから驚いただけよ」

「……そうですわね。家族ぐるみの付き合いなんですものね。怪しい関係ではありませんわよね」

「何度も同じことを言わないでちょうだい！　今までは大人しくしていたくせに、いきなり何があったって言うの⁉　生意気な口を利くはおやめなさい！」

エレファーナ様は声を荒らげ、近くにいた侍女に命令する。

「そこのお前、役所に行って離婚届の紙を取ってきなさい。そして、アキームの代筆をするのよ！」

「……だ、代筆でございますか」

代筆が違法だということも、本人以外のサインだとわかれば無効になるということは考えなくても分かる。エレファーナ様に忠実な侍女も躊躇う様子を見せた。

「アキームが自分は書いていないと言わなければバレやしないわ。それにあの子がサブリナさんと別れたくないなんてことを言うはずがないんだから安心なさい」

「しょ、承知いたしました」

こんなに簡単に上手くいくなんて、エレファーナ様が賢くなくて良かった！　笑みがこぼれそうになるのを何とか堪える。喜んでいるとバレたら、離婚が成立しなくなる。違法だと分かっているのだから、このままでは私の立場も悪くなるので、表向きは注意しておく。

「エレファーナ様、それは違法です。アキーム様の自筆でお願いできませんか」

「うるさいわね。私はアキームの母親よ！　私がいいというのだからそれでいいのよ！」

「あとでアキーム様から、離婚は無効だと言われても困るのですが」

「絶対にそんなことは言わせないし、させないわ！　本当にあなたは生意気ね！」

エレファーナ様がまた扇を持つ手を振り上げた時だった。

門の向こうに見慣れない馬車が停まったことに気づき、エレファーナ様は慌てて手を下ろした。まだ、朝の早い時間だし、旦那様がいないのにお客様が来るなんて、今までにないことだった。

「あ、あの家紋は……」

侍女が焦った顔でエレファーナ様を見た。

私が馬車に施されている家紋を見つける前に、中から人が降りてきた。その人物を見て、どこの家の人間かがすぐに分かった。

「ゼノン！」

肩よりも少し長いダークブラウンの髪を黒色のリボンで後ろにひとつにまとめたゼノンは私の声に気がついて、にこりと微笑む。

「おはよう。お出迎えしてもらえるなんて思ってもいなかったな」

「お、おはよう。悪いけど、あなたの出迎えじゃないわ。旦那様の見送りを終えたところだったの」

「見送ったあと？　その割には険悪なムードに見えたけどね」

私の伯父の息子であるゼノンは、長身痩躯、顔立ちも爽やかな美男子といった感じなので一部の女性に人気がある。一部と限定されてしまうのは、彼は仕事以外では笑みを絶やさないので掴みどころがない。

酷い言い方をすると、いつもヘラヘラしていると思われてしまうからだ。

ゼノンとワイズ公爵令息は年齢が同じで、学園も一緒だった。ふたりはタイプが違いすぎることが逆に良かったのか、馬が合ったようで幼い頃から仲がいい。

ワイズ公爵家を敵に回したくない多くの貴族は、そのこともあって、ゼノンの機嫌を損ねるようなことはしない。

ゼノンと私が従兄であることは、他の貴族も知っていることだ。それでも私がいじめの対象になったのは、表向きは親戚付き合いがないと思わせるようにしていたからなのよね。

だって、その時の私は私みたいな女性と仲がいいと思われたら、伯父様たちに迷惑がかかると思い込んでいたんだもの。

ちなみに、ゼノンの婚約者が私の文通相手のノルン様だ。

「はじめまして。ゼノン・ジーリンと申します。先触れのない朝早くからの訪問という無礼をお許しください」

ゼノンが挨拶をすると、困惑していたエレファーナ様は慌ててカーテシーをする。

「エレファーナと申します。ジーリン卿にお会いできて光栄ですわ」

「さすが元伯爵夫人ですね。寛大なお心をお持ちで有り難いです」

まだ許すとは言っていないのにゼノンは私に体を向けて話しかけてくる。

「リファルドから話は聞いたよ。彼から予定が狂ったって話を聞いた時は驚いたよ。……というわけで、今から出かけないか。どうせ暇なんだろ？」

「え、ええ。まあ、暇といえば暇ね。でも、いきなりどうしたの？」

「連れて行きたいところがあるから迎えにきたんだよ」

「連れて行きたいところ？」

「うん。馬車の中で教えるから、出かける準備をしておいでよ」

「あ、あの、ゼノン、先にやらなければならないことをやってからでもいいかしら」

「何すんの？」

「えっと、だから、その……こん……ようと思って」

きょとんした顔で聞いてくるゼノンに、あまり大きな声で言うことでもないので、小声で答えると、ゼノンはわざとらしく耳に手を当てて聞いてくる。

「え？　なんて？」

絶対に聞こえているわよね！

にやにやしているゼノンを睨みながら、どうせ、ここにいる人間は知っているのだと開き直り、大きな声で答える。

「だから、私は離婚することになったの！　今から、その手続きをしないといけないのよ！」

「それはおめでとう。なら、手続きを済ませて、すぐに行こう」

「……どこに行くつもり？」

「馬車の中で言うって言っただろ」

「気になるから、今すぐに教えて」

ゼノンは「仕方がないなぁ」と苦笑して答える。

「リファルドの家」

リファルド？　リファルドって、ワイズ公爵令息と同じ名前なんだけど⁉

「リ、リファルドの家って」

「ほら、ラファイ伯爵令嬢の浮気相手は君の夫だろ？　そこはサレた側者同士で話し合ったほうがいいんじゃないかって、リファルドが言い出したんだ」

「で、で、でも、私は旦那様と離婚するのよ。わ、私に責任はないでしょう？　それとも、管理できていなかったということで慰謝料請求されてしまうの？」

「慰謝料請求？　ああ、それで慌ててるのか。サブリナに慰謝料を請求するわけじゃないから心配しなくていいって。サブリナがラファイ伯爵家に請求するための話し合いをしたいんだってさ。オルドリン伯爵家にはワイズ公爵家から慰謝料を請求するって言ってた」

「なんですって⁉」

反応したのは私ではなく、エレファーナ様だった。

「どうして我が家に、ワイズ公爵家が慰謝料請求をすると言うのですか⁉」

「あなたの息子さんとラファイ伯爵令嬢がイチャコラしていた場面をリファルドが目撃したからですよ」

イチャコラ？

首を傾げると、ゼノンが笑う。

「イチャイチャしてるってこと」

「そんな言葉を初めて聞いたわ」

「だろうね。リファルドがそう言うもんだから、僕もつられて言うようになったんだよ」

僕は悪くないと言わんばかりに言ったあと、ゼノンは青くなっているエレファーナ様に話しかける。

「サブリナと僕たちの仲が悪いと思っていましたか？」

「……え、あ、はあ、まあ」

「分かりますよ。サブリナの父はクソみたいだし、母は旦那に依存してサブリナのことを放ったらかしですからね。サブリナのことを誰も気にかけている人なんていないと思ったんでしょう」

笑いながら言うゼノンを呆れた顔で見ていると、ゼノンは急に笑みを消して話を続ける。

「だけど、ジーリン家はまともなんですよ。虐げられている親戚を放っておくわけがないでしょう」

「な、何を言おうとしているのか分からないわ」

困惑の表情を浮かべるエレファーナ様にゼノンが答える。

「サブリナに私のような人間と仲良くしていると思われたら良くないと言われた時、そんなことで親戚付き合いを控えるつもりはありませんでした。でも、僕が表向き、サブリナから離れたのは、他に問題があったからなんですよ」

「問題ですって？」

「ええ。僕たちは待っていたんです。サブリナがあなたたちの本性に気づくことをね」

「ほ、本性……とは、どういうことなの」

エレファーナ様の声が震えている。

こんなエレファーナ様を見るのは初めてだった。その様子に驚いていると、ゼノンはなぜかまた笑顔になって、私を見つめる。

最初はどうして私を見たのかわからなかった。でも、すぐに頭の中に思い浮かんだことがあった。

そういうことね。ゼノンの言葉を裏付けるためにも、ここは私が言わなくちゃいけないところだわ。

私はもう、自分自身を卑下したりしない。強くなると決めたのよ。

「アキーム様との離婚を認めてもらえないのであれば、新聞社に今までのことを全部話します。そうすれば、ラファイ伯爵家もオルドリン伯爵家も終わりですよね」

「や、やめなさい！」

エレファーナ様は甲高い声をあげて叫んだ。

「では、アキーム様に離婚を必ず認めさせてくださいね」

ラファイ伯爵令嬢との件は、私が何も言わなくてもワイズ公爵家が発表するでしょう。私の口から言わないのであれば、約束は守ったことになるわよね。

「あなたに脅されるだなんて屈辱だわ！」

エレファーナ様は悔しそうな顔で私を睨みつけてきたので、怯みそうになったけど、何とか耐える。今まではここで引いていた。でも、昨日のアキーム様の発言で何か吹っ切れた気がする。

彼はもう、私の旦那様でもヒーローでもない。

自分のことは自分で守らなくちゃ。私の人生は私のものなんだもの。

大きく深呼吸してから口を開く。

「脅しととられてしまったことは残念ですが、自分たちが悪いという自覚があったみたいで良かったです」

「ほ、本当に黙っていてくれるのよね」

私の様子がいつもと違うからか、エレファーナ様はどこか怯えた様子で聞いてくる。

「もちろんです。私は約束を守ります」

「……ならいいわ。だけど、覚えておきなさい。あなたにも原因があったからであって、わたしたちだけが悪いわけではないのよ」

「それは承知しています。ですが、エレファーナ様の場合は私の態度に苛ついたからではなく、私に嫌なことをしてストレスを発散したかっただけでしょうから、それもどうかと思います。一応、お伝えしておきますが、苛ついたからって人を傷つけてもいいということでもありませんので、誤解なさらないようにしてくださいね」

相手が誰であれ、人を傷つけようとする行為は許されないことだ。息子の結婚相手をいじめてストレス発散だなんて、嫌な姑でしかない。

「勝手にしなさい！」

エレファーナ様はヒステリックに叫ぶと、逃げるように屋敷の中に入っていった。この感じだともう、屋敷の中には入れてもらえそうにないわね。

笑みを浮かべたままのゼノンに尋ねる。

「ここを出ていくのはいいんだけど、荷物はそのままだし、離婚届に書かなければならない私のサインはどうしたらいいかしら」

「離婚届は持っているのか？」

「今、エレファーナ様の侍女が取りに行こうとしてくれていたの」

「なら、一緒に行こう。サブリナはその場で記入して、提出はオルドリン伯爵家に頼めばいい」

「そういえば、エレファーナ様は自分の侍女に代筆をお願いしていたわ」

「なら、その場で書いてもらったらいいんじゃないか？」

ゼノンに言われて、どうしたらいいのかわからずに立ち尽くしているエレファーナ様の侍女を見ると「エレファーナ様のご命令ですので代筆させていただきます」と答えた。

トントン拍子に話が進んでいくので、夢の中にいるような気分だ。

エレファーナ様と入れ替わりに出てきたノエラに荷造りをするように頼み、その間に、私たちは役所に向かうことにした。馬車が動き出したところで、ゼノンが話しかけてくる。

「あとで、君の荷物を取りに行かせるよ」

「ありがとう。でも、私の荷物は少ないから、すぐに荷造りを終えて、ノエラが役所まで持ってきてくれると思うわ」

「そっか」

ゼノンは満足そうな笑顔で頷いた。

「……ゼノン、助けてくれたことは本当に嬉しいし助かったわ。本当にありがとう。でも、あなた、お仕事はどうしたの。隣国にいるんだから、ここまで来るのも大変だったんじゃない？」

「ちゃんとお休みを取ってきたから気にしなくていいよ」

「でも……」

「可愛い従妹のためなんだから苦じゃないよ」

「そう言ってくれるならいいけど……。ところで、ゼノンはいつから知っていたの？」

向かいに座るゼノンは笑みを浮かべて聞き返してくる。

「どのことを言ってるの？　色々とありすぎてわかんないなあ」

「旦那様……、ではなくて、アキーム様のこと」

離婚すると決めてから、旦那様と呼ばないように決めた。だって、もう離婚するんだもの。今から、ちゃんと練習しておかないと。

「オルドリン伯爵とラファイ伯爵令嬢の件は、親父がサブリナに頼まれて調べた時に知ったんだ。しかも、浮気相手は他にもいてさ。とにかく、相手が相手だからリファルドに話をしたら、リファルドはすでに知っていて、我慢の限界だから自分の手で鉄槌を下したいって言い出したんだ」

「そうだったのね」

あんな風にみんなの前で話をするのは、ふたりがたまたま逢引きしていたからではなく、最初から考えていたことだったのね。

「ちなみに、昨日のパーティーは最初から仕組まれていたもので、主催者の誕生日を祝うパーティーはワイズ公爵家持ちで改めて豪華にやることになってるよ」

それはそうよね。人様のパーティーを台無しにする行為だもの。事前に連絡していないと失礼すぎる。

「他に聞いておきたいことはある？」

「そうね。じゃあ聞くけど、どうして、アキーム様が浮気をしていると私に教えてくれなかったの？」

「……視察先での話は本当のことだよ。女性が出入りしていたということを伝えなかっただけ。部屋から出ていないから嘘じゃないだろ？」

「屁理屈のようにも聞こえるけど、言いたいことは分かるわ。アキーム様は女性を部屋に連れ込んでいたということね」

「そういうこと。あと、ラファイ伯爵令嬢はオルドリン伯爵に恋愛感情があるわけじゃない。君をいたぶりたかっただけだ」

「……自分の体を汚してまで？」

「最後まではしてないってさ」

ゼノンは私のところに来る前に、ワイズ公爵家に行って、昨日のパーティーでの出来事を詳しく聞いていたようで、言葉に詰まることなく答えてくれた。

「私たちが帰ったあと、ワイズ公爵令息は大勢の前で、ラファイ伯爵令嬢からそこまで聞き出したの？」

「あいつは容赦ないからね。悪いことをしたんだから、多少の見せしめは必要だと考えたんだろう。あと考えられるとすれば、公爵家が舐められたと感じて腹を立てていたとかかな。本当のことが知りたければ、本人に聞けばいいと思うけど」

「浮気自体許されるものではないけど、ワイズ公爵家が立場的という理由で許せないことは分かるわ。ということは、私が動かなくても遅かれ早かれ、ラファイ伯爵令嬢とアキーム様の関係は表沙汰になったということかしら」

「だろうな。本当にバカだよね」

ゼノンは声をあげて笑いながら話を続ける。

「サブリナが目を覚ましてくれて本当に良かった。君がどんな反応をするのかわからなかったから、リファルドにはラファイ伯爵令嬢を断罪するのはいいけど、サブリナには知られないようにしてくれって、お願いしていたんだよ」

やっぱり、ゼノンが頼んでくれていたのね。

「気持ちは有り難いわ。何度も聞いて申し訳ないけれど、どうして今まで黙っていたの？　助けてほしかったわけじゃなくて、理由が知りたいの」

「言っておくけど、面倒だから放っておいたわけじゃない。サブリナが頑固だったからだぞ」

「頑固？」

「ああ。嫌がらせをされて辛いのに助けを求めなかっただろ」

「両親には助けを求めたわよ」

「でも、学園に通うことはやめなかったし、僕らにも助けてくれとは言わなかったじゃないか」

……そう言われればそうだわ。でも、アキーム様のために行ったほうがいいと考えていたから休むことはしなかった。ゼノンたちに助けを求めなかったのは、相談して助けてもらったら、疎遠になったふりをしている意味がなくなるからだ。

「もしかして、あの頃の私はアキーム様に夢中だったから何を言っても無駄だと思っていたの？」

「そういうこと。あの時のサブリナにオルドリン伯爵の悪口なんて言ったら、僕たちともやり取りをしなくなる可能性があったからね」

素直にゼノンたちのアドバイスを聞けるような状態だったら、私はこんなことになっていなかったのね。ゼノンの言う通り、あの頃の私にはアキーム様しかいなかった。アキーム様のことを悪く言われたら、いくら相手がゼノンであっても連絡を控えたに決まっている。

「私は本当に馬鹿ね。自分で自分の首を絞めていたんだもの」

窓の外を流れる景色を見てから、またゼノンに視線を戻す。

「急に物事が動き出したから、これからどうしたらいいのか決まっていないの」

「まずは離婚することが第一だろ。それから、次にリファルドのところへ行く」

「本当に慰謝料を請求されないかしら」

「されないって言ってるだろ。もし、リファルドがそんなことを言ってくるなら、僕が文句を言う」

「あなたにそこまでしてもらわなくていいわよ。今の段階でも十分、助けてもらっているんだから」

「従妹なんだから気にしなくていいって。どうしても気にするんなら、サブリナを放ったらかしにしたら、ノルンに怒られるからやっているんだと思ってくれればいいよ」

「分かったわ。なら、ノルン様にお礼を言わなくちゃね」

ゼノンの気持ちを有り難く思いながら言うと、彼は微笑んで頷く。

「遠慮しすぎることも良くない。あ、これから住む家は、ジーリン家にすればいいから」

「何から何まで申し訳ないわ。あなたや伯父様たちには改めて、お礼はさせてもらうわね」

「気にしなくていいのに」

「そういうわけにはいかないの！」

そんな話をしている間に役所に着いた私は、役所の担当者に説明をしてもらいながら、無事に手続きを終えた。

ラファイ伯爵令嬢とアキーム様の噂は、ワイズ公爵家が手を回したのか、すでに多くの人に知られていた。だからか、離婚届を受理してもらう時に「おめでとうございます」と言われてしまった。

……おめでたいということは、確かよね？　これで一段落、と言いたいところだけど、ここからが大変だわ。

あのお父様が黙っているはずがないもの。絶対に文句を言いに来るわ。伯父様たちには迷惑をかけてしまうけれど、私が昔とは違うことを、お父様に知ってもらって、二度と関わらないようにしてもらわなくちゃ。

荷造りを終えたノエラが役所まで来てくれたので、荷物を受け取ってこの場で別れることになった。

「今までありがとう。あなたは私専属のメイドとして雇われたから、私がいなくなるせいで職を失わせることになることが申し訳ないわ」

「小遣い稼ぎにと思って始めた仕事です。サブリナ様はご自身のことを優先に考えてくださいませ」

「……ありがとう。ノエラも家族と幸せに暮らしてね」

「ありがとうございます。サブリナ様も幸せになってくださいね」

落ち着いたらまた会う約束をしてノエラと別れると、ゼノンとともにワイズ公爵邸に向かった。

これから、私はどうなるのかしら。

「浮かない顔してるなあ。オルドリン伯爵にまだ未練があるとか言わないよね？」

「それはないわ。これからのことを考えると気が重いだけよ。私自身だけじゃなく、あなたのご両親にも迷惑をかけてしまうんだもの」

ため息を吐くと、ゼノンは首を傾げる。

「もしかして、クズ叔父のことを言ってる？」

「それだけじゃないけど、そのこともあるわ」

「大丈夫だよ。うちの親父があんなクズに負けるわけないじゃん」

「負ける負けないとかいう問題じゃないのよ。迷惑をかけてしまうことが申し訳ないと言っているの。それに、伯母様は関係ないでしょう」

お父様のことだ。事情を話しても、離婚したことは恥だと言うに決まってる。伯父様の家まで押しかけてきて、実家に連れ戻して罰を与えるとか言い出すに違いないわ。

「母さんは気にはしないよ。それに、親父がクズ叔父に迷惑をかけられるのは昔からだ。軽犯罪をして祖父母にも迷惑をかけていたみたいだ」

大人しい性格ではないと思っていたけれど、軽犯罪で捕まったりしていたのね。そんな人が父親だなんてうんざりするわ。それでよく、爵位をもらえたものね。

「そんなこともあって、親父はあんな父親の娘に生まれたサブリナを放っておけないんだ。サブリナのためなら迷惑じゃないって言ってたから気にしなくていいって」

「そう言ってくれるのは助かるけど」

「もし、気にするのなら、自分のことを考えてくれよ。サブリナは純粋すぎるから気をつけたほうがいいと思う。これから会う人は言いたいことははっきり言う人だから、言葉をストレートに受け止めると辛いよ」

これから会う人というのは、ワイズ公爵令息のことよね。そんなに怖い人なのかしら。彼と

は先日のパーティー以外では、挨拶くらいしかしたことがないし、ゼノンから話を聞いている
くらいだ。
でも、パーティーの時のワイズ公爵はとても怖かったから、ちゃんと話ができるか心配だわ。
ああ、今から憂鬱になっていても駄目ね。しっかりしなくちゃいけないわ！

ワイズ公爵邸に着き、御者に扉を開けてもらうと、ドアマンが駆け寄ってきた。

「ゼノン様ですね。リファルド様からお越しになることは伺っております。ですが、申し訳ございません。現在、リファルド様はエントランスホールでお客様とお話し中でして」

「かまわないよ。ここで待ったほうがいいかな」

「テラスには庭から回れますので、そちらにご案内するようにと仰せつかっております」

あとからやって来たメイドがそう答えると、私たちをテラスまで案内してくれた。

待っている間に読んでおいてほしいと渡されたのは、今日の夕刊の内容だった。

ワイズ公爵令息とラファイ伯爵令嬢の婚約が解消され、その理由はラファイ伯爵令嬢が不義を働いたからだと書かれていた。相手の名前はここには書かれていない。でも、ゴシップ記事には、ラファイ伯爵令嬢の相手は分かる人には分かるように書かれていたし、街の人は皆知っていたから意味がないわね。

「ワイズ公爵家は新聞社を持っているから、そこに一番に書かせたんだろうな」

ゼノンが言ったところで、ワイズ公爵令息がやってきた。

来客の対応が大変だったのか、ワイズ公爵令息はどこか疲れた様子に見える。それでも、整った顔立ちということに変わりはなくて、ついついその美しさに見入ってしまいそうになった。

そんな私の様子には気づかずに、ワイズ公爵令息は私たちに話しかける。

「すまない。待たせたな」

「本当だよ。僕は忙しいって言うのにさ」

「そうか。それは悪かったな。では、お前だけ帰れ。用事があるのはオルドリン伯爵夫人だけなんだ。お前はいらん」

「その言い方、酷くない？　まあ、いいや。で、サブリナのことなんだけど、もうオルドリン伯爵夫人じゃないんだよなあ」

「……どういうことだ？」

ワイズ公爵令息は眉根を寄せて、ゼノンに聞き返した。

私に聞いているわけじゃないけど、私のことなんだもの。自分で話をしないといけないわよね。

ワイズ公爵令息が席に着いてから、私は立ち上がって頭を下げる。

「元夫がご迷惑をおかけし誠に申し訳ございませんでした。お詫び申し上げます。先程、役所に行ってまいりまして無事に離婚届が受理されましたので、元オルドリン伯爵夫人になりましたことを報告いたします」

「元オルドリン伯爵夫人は長いから、サブリナって呼んだらいいよ」

呑気そうに言うゼノンにちらりと目を向けてワイズ公爵令息は、呆れたようにため息を吐いた。

「もう既婚者じゃないというのであれば、サブリナ嬢と呼ばせてもらう。俺のことはワイズ卿、もしくはリファルドでいい。ワイズ公爵令息と呼ぶのは長いだろ」

「リファルドって呼んだらいいと思う」

またゼノンが口を出してきた。無礼な態度ではあるけれど、ゼノンがいるから緊張しなくてすむわ。

深呼吸したあと、少し考えてから答える。

「では、リファルド様と呼ばせていただきます」

「分かった。よろしく頼む」

「こちらこそ、よろしくお願いいたします」

軽く一礼してから、椅子に座り直して朝の出来事を簡単に話すと、リファルド様も街の人たちと同じように「離婚成立おめでとう」と言ってくれたので、私は軽く頭を下げる。

「ありがとうございます」

「実を言うと、ラファイ伯爵令嬢とオルドリン伯爵の関係は何となくは把握していたが、あそこまで深い仲になっているとは思っていなかった。婚約者が公爵令息なんだから、普通なら馬鹿な真似はしないと思っていたんだ。放置していた俺にも責任はあると思っている。そこは申し訳ない」

「いいえ。私がもっと早くに自分で気づくべきでした。でもまさか、昔からふたりが繋がっていたなんて思ってもいませんでした」

何度も首を振ると、リファルド様はゼノンに目を向ける。

「ゼノン、あの話はしたのか」

「いや。あまりにもクソすぎてしてない」

「どうするつもりだ。話さないつもりなのか？」

「そういうわけにもいかないから、リファルドから言ってくれよ」

「……仕方がないな」

リファルド様は気怠げな表情で頷くと、私に顔を向けて話し始める。

「サブリナ嬢の父であるエイトン子爵と先代のオルドリン伯爵夫人は弱いものをいたぶるという共通の趣味があり、昔から仲がよかったようだ。君には知らされていなかったようだが、エイトン子爵は昔、動物虐待でも問題を起こしている。たぶん、先代オルドリン伯爵夫人も公になっていないだけで同じことをしているだろうな」

ゼノンが言っていた軽犯罪というのはこのことかしら。

最低な人たちだと思っていたけど、思った以上だったわ。

素直な気持ちを吐き出そうとした時、中年の男性がやって来て、リファルド様に発言の許可を取ると、私に話しかけてきた。

「ラファイ伯爵令嬢が、サブリナ様にどうしても謝りたいと言って押しかけてきています。こちらにはいないとお伝えしてもよろしいでしょうか」

「僕の家の馬車を見たから、そんなことを言ってるんだろうな」

そう言うと、ゼノンは私に「ごめん」と手を合わせてきた。

「あなたは悪くないんだから、謝らないで。でも、どうして、ラファイ伯爵令嬢は私に謝ろうとしているのかしら」

「過去のことを持ち出されたくないんだろう。ラファイ伯爵に確認してみたが、娘がいじめをしているんじゃないかという話は当時も把握していたらしい。でも、本人が違うと言うから詳しく調べなかったそうだ。俺が事実だと伝えると、かなり立腹していた」

リファルド様は意地の悪い笑みを浮かべて、私を見つめる。

「どうするんだ。謝らせるだけ謝らせるか。個人的には許さないでほしい。どうせ、許してもらわない限り家に入れないとでも言われたんだろうからな」

「許すつもりはありません。私は会いたくないのですが、きっと、向こうは必死ですし、しつこく追い回してきますよね」

追い出されたとはいえ、彼女は伯爵令嬢。私は元伯爵夫人で実家の籍に戻れたとしても子爵令嬢だから、向こうのほうが格上だ。

いつかは会わざるを得なくなる。

「謝罪を受け入れるかは別として、どうして謝る気になったのかだけは聞いてみたいと思います」

「向こうは必死に謝ってくると思うぞ」

リファルド様は楽しそうに笑って言った。

ラファイ伯爵令嬢が待っているというポーチに移動しようとすると、リファルド様もゼノンも一緒に話を聞きたいと言うので、テラスまで連れてきてもらうことになった。

「ああ！　サブリナさん！」

執事らしき男性に連れてこられたラファイ伯爵令嬢は、どこか疲れたような表情をしていて、いきなり老けたような印象を受けた。彼女は、いつもの声色とは違い、媚びたような可愛らしい声で話しかけてくる。

「サブリナさん、昨日は大変失礼いたしました」

「……なんのことでしょうか」

低い声で聞き返すと、ラファイ伯爵令嬢は焦った顔をして訴えてくる。

「わたしの姿を見てください！　昨日と変わらないでしょう？」

言われてみれば、ラファイ伯爵令嬢が着ているドレスは昨日と同じものだった。

「そう言われてみればそうですわね」

「リファルド様から婚約破棄された上に、あなたの件を聞いたお父様に家を追い出されたんです」

「あなたの件というのは？」

「言わなくても分かるでしょう？　学生時代のお話です」

さすがに自分の口からはいじめという言葉を出したくないみたいね。

「そうでしたか。でも、自業自得ですわよね」

「そ、そんな、酷いことを言わないでくださいませ。あなたに許してもらえないと、わたしは家に帰れないんです！」

ラファイ伯爵令嬢は一気に早口で話すと、媚びた笑みを浮かべる。

「サブリナさんはお優しい方ですもの。過去の過ちは許してくださいますわよね」

「許すか許さないかは、ラファイ伯爵令嬢が決めることではないでしょう」

やっぱり、自分のことしか考えていないのだと思って腹が立った。

嫌がらせをされていた過去は、自分が全て悪いのだと自分自身で決めつけていた。でも、そうじゃない。もちろん、私が悪い時もあったとは思う。だけど、その多くは、ただの嫌がらせにしかすぎなかった。

平気で人の心を傷つけておいて、自分が大変な目にあっているから許してほしいだなんて、よくも言えるものだわ。

「で、ですから、今こうして、許してもらうために謝っているんじゃないですか」

「……昨日はそんな素振りは一切見せませんでしたよね。それに謝罪の言葉も、昨日はと限定して言っていました」

「そ、それは、昨日の件はその、大勢の前だから動揺していたんです。だって、婚約破棄されたんですよ!? わたしはずっと、リファルドさまをお慕いしていたのに！」

ラファイ伯爵令嬢は、今度はリファルド様に目を向けて訴える。

「わたしは浮気なんてしていません。リファルドさまに信じてもらえなくて本当に悲しいです」

「そうか」

リファルド様はそう答えただけで、それ以上は何も言わない。思ったような反応が返ってこなかったのか、ラファイ伯爵令嬢は今度は私に縋りつく。

「サブリナさん。オルドリン伯爵も昨日のことでショックを受けていると思いますわ。……それにこんな大変な時に、自分の妻が他の男性と仲良くしているなんて聞いたら、オルドリン伯爵はより悲しまれていることでしょう」

ほくそ笑んでいるようにしか見えない笑みを浮かべたラファイ伯爵令嬢に、私も作り笑顔で答える。

「もう妻ではありませんのでご心配なく」

「……は？」

「オルドリン伯爵とは離婚いたしましたので、妻ではないと申し上げました」

「え……、は？」

「聞こえなかったようですので、もう一度言いますね。私はオルドリン伯爵と離婚いたしました。今は彼とは元妻と元夫の関係です。共有財産はありませんので、自分のものだけ持ってオルドリン伯爵家を出ました。ですから、オルドリン伯爵が悲しむことはありません」

ラファイ伯爵令嬢は予想外のことだったのか、口をあんぐりと開けて私を見つめた。

「どうしてそんなに驚くのかは分かりませんが、その理由を知りたいとも思いませんので聞かないでおきます。お話はもう終わりでしょうか」

ラファイ伯爵令嬢への怒りで、声が震えているのが自分でも分かった。でも、ラファイ伯爵令嬢は怒りではなく、怯えて私の声が震えているのだと勘違いしたようで、大きく開けていた口を閉じて、強気の笑みを浮かべる。

「もしかして、リファルドさまからわたしのことを許すなと言われているのではないですか」

「……どうしてそう思うのですか」

「私はリファルドさまのことをよく知っていますから分かるんです」

自信がありそうだけど、そんな風には思えないわ。リファルド様のことを本当に分かっているのなら、浮気なんてしないもの。

するると、向かいに座っているリファルド様が大きなため息を吐いて、私に言う。

「いつまで話を続けるつもりだ。ストレスが溜まる。さっさとケリをつけてくれ。君が無理なら俺がやるぞ」

リファルド様はラファイ伯爵令嬢に言い返したいけど、今は私と彼女との戦いだから、口を挟まないようにしてくれているみたいだ。

「申し訳ございません」

謝ってから、視線を感じたのでゼノンに目を向けると、なぜかニヤニヤしている。

笑うところなんてひとつもないんだけど！

文句を言いたい気持ちを抑えて、ラファイ伯爵令嬢に話しかける。

「ラファイ伯爵令嬢にお聞きします」

「……なんでしょうか」

「あなたは、リファルド様のことをよくご存じなのですよね？」

「……そうですけど何か？」

「なら、わざわざここにきて、リファルド様を苛立たせているということは、リファルド様にもあなたの趣味の嫌がらせをしにきたということでしょうか」

「そ、そんなつもりじゃ！」

ラファイ伯爵令嬢は慌てて否定したけれど、リファルド様の顔を見て口を閉ざした。

リファルド様はすごく不機嫌そうな顔をして、ラファイ伯爵令嬢を睨んでいる。

「趣味っていうのは否定しないんだな」

ゼノンが笑うと、ラファイ伯爵令嬢は顔を真っ赤にして否定する。

「趣味なんかではありません！　学生時代のサブリナさんへのいじめは認めますわ！　でも、理由があるのです！」

いじめに理由があると言われてもね。どんな理由があったとしても、やってはいけないことだわ。どうせ、ろくなことを言わないんでしょうけど！

「いじめをしてもいい理由なんてないはずですが、あなたのその理由とやらを聞いておきましょうか」

「……あの時のわたしは、精神的に追い詰められていて、サブリナさんに当たるしかなかったんです」

……当たるしかなかったなんて、意味が分からないわ。そんな言い訳が通じると思っているのかしら。

私はこれ見よがしに大きなため息を吐いて話しかける。

「あの、ラファイ伯爵令嬢」

「……なんでしょうか」

「自分で何を言っているか理解されていますか？」

わざとらしく小首を傾げて尋ねると、ラファイ伯爵令嬢は悔しそうな顔をして私を睨みつけた。

「り、理解していますわよ！　なんて失礼なことを言うのですか！」

「そんなことを言い返してくるあなたに驚きます。今まで私にあれだけ失礼なことをしてきておいて、よく言えますね！」

興奮してはいけないと分かっているのに抑えられない。

椅子から立ち上がり、感情的になって叫ぶ。

「私の学生時代がどれだけ辛いものだったか、あなたに想像がつきますか⁉」

「つくわよ！」

ラファイ伯爵令嬢も興奮しているのか、媚びることを忘れて言い返してくる。

「それでも学園に来ていたということは耐えられる程度の辛さだったということでしょう？　今のわたしはあなたと違うの！　家を追い出されたのよ⁉　あなたには住む家があったんだから、住む場所がなくなるかもしれない、わたしのほうが辛いに決まっているでしょう！」

「あの時の私はアキーム様のためだと思って耐えていました！　だけど、結局は無駄だった！　この気持ちがあなたに分かるわけがありません！」

今になって考えると、何のためにあんな辛い思いをしてまで、学園に通っていたんだろう。

あの時はアキーム様のためだけに頑張っていたし、アキーム様のことがなければ、家を追い出されても良かった。

あんな辛い環境にいるくらいなら、どこかで野垂れ死んだほうがいいと思った時もあった。

それでも、踏みとどまれたのは――。

「あの人の傍にいたいと思ったからなのに」

涙が溢れてきて止まらなかった。

ゼノンが慌てて立ち上がったけど、リファルド様が制する。

「まだ、サブリナ嬢の話は終わっていない。……そうだろう？」

リファルド様が挑戦的な笑みを浮かべて尋ねてきたので、大きく首を縦に振る。

そうよ。これくらいで終わらせることなんてできない。

「ありがとうございます」

涙をハンカチで拭い、気持ちを切り替えると、ラファイ伯爵令嬢に告げる。

「今の涙で完全に吹っ切れました。オルドリン伯爵を許すこともないし、ラファイ伯爵令嬢、あなたのことも絶対に許しません。もう知っておられるようですが、過去のことは、あなたのお父様に私の口から報告させていただきます」

「やめて！」

ラファイ伯爵令嬢は涙目で訴えてくる。

「オルドリン伯爵との離婚理由はどんなものかは知らないけど、あなた、今までは幸せだったのでしょう？　それでいいじゃないの！　わたしは結婚の夢を絶たれたのよ⁉　親に縁を切られて住む家までなくなったの！」

「あなたの婚約が駄目になったことは、私のせいではありませんし、私はあなたとオルドリン伯爵が浮気していたことを責めているんじゃありません。あなたが過去にしてきたことを問題にしているんです。それは、あなたのお父様も同じなのでしょう？」

「そ、それは……」

口ごもったあと、ラファイ伯爵令嬢は地面に座り込んで頭を下げる。

「申し訳ございませんでした。謝りますからお許しください」

どうせ、謝ればいいと思っているんでしょうね。

「……これからする質問に正直に話していただけるなら考えます」

「なんでしょうか⁉」

ラファイ伯爵令嬢は頭を上げて、明るい表情を見せた。

喜んでも無駄なのに。

そんな思いを口に出さないように堪えて、質問をする。

「どうしてあなたは、学生時代、私に嫌なことをしたんですか。誰かに頼まれたのですか？」

「い、いいえ、その、たまたま、目の前にあなたがいて、それで嫌な気分になったというか……」

ラファイ伯爵令嬢は笑みを消して目を泳がせながら答える。

たまたま、目の前にいたからですって？

「では、他の人に同じことをしなかったのはなぜですか？　目の前には他にも人がたくさんいましたよね？」

「あなた以外の人を見ても苛立たしく思わなかったからです。その、あの時のわたしはストレスが溜まっていたんです！　過去のことをあれだこうだと今さら言わないでください！」

「過去のことかもしれませんが、理由を知りたいと思ってもおかしくないでしょう？　あなたは私のせいでストレスが溜まっていたとでも言うのですか？」

「いいえ。他のことでです！　誰かを傷つけることでストレス発散をしようとしていたんです！」

堂々と言っているけれど、言っていることは普通の人なら考えないことだ。たとえ、考えたとしても実行には移さないし、八つ当たりしてしまったとしても、すぐに後悔するものよね。

今のラファイ伯爵令嬢のように開き直ったりなんかしない。

「あなたの考えは分かりました」

「では、許していただけるんですね⁉」

「そんなわけがないでしょう。やはり、過去の話はラファイ伯爵にお話をしなければならない内容だと思います」

「や、やめて、そんな！　あなたはわたしのお父様がどんな人か分かって言っているの⁉」

必死に懇願してくるラファイ伯爵令嬢に冷たく答える。

「ラファイ伯爵がどんな人であろうとも、あなたはまったく反省しておられないようですので、過去の話をさせていただきます」

「やめてって言っているじゃないですか！　そんなことになったら、わたしはもう社交場に呼ばれなくなってしまうわ！」

「呼ばれなくなるのはオルドリン伯爵も同じでしょう。ふたり仲良く暮らしてはどうでしょうか」

そうだわ。

住む家がないのなら、それこそ、オルドリン伯爵と静養地で大人しく暮らしていればいいのよ。

ラファイ伯爵令嬢は絶望に満ちた表情で私を見つめている。私なら簡単に許してくれると思い込んでいたのでしょうね。過去にいじめをしただけでなく、人の夫を奪っておいて、よくもそんな風に思えるものだわ。

「話が終わりのようでしたら、お帰りになってはいかがでしょうか」

「嫌よ！　許してもらえるまでは帰れない！　わたしには華やかな世界が似合うの！　路頭に迷うなんて絶対にありえない！」

ラファイ伯爵令嬢は興奮しているのか、肩で息をしながら続ける。

「大体、どうして今頃になって過去の話を持ち出すのよ！　そんなに嫌ならもっと早くに言ってくれれば良かったじゃないの！」

「学園や両親に相談はしていましたが、相手にしてもらえなかったんです」

「じゃあ、わたしにやめてと言えば良かったじゃないの！　今みたいに脅してくるなら、わたしだってあなたをターゲットになんかしなかったわよ！」

ラファイ伯爵令嬢は立ち上がり、必死の形相で叫んだ。

「やめてと言えば嫌がらせをエスカレートさせたのはあなたじゃないですか。そんなことまで忘れているようでしたら、本当にあなたは反省する気がないのですね。もういいです。お帰りください」

「謝ります！　謝りますから許してください！　反省だってしていますから！」

「おい！　近づくな！」

私のところへ駆け寄ろうとしたラファイ伯爵令嬢を、周りを取り囲んでいた兵士が止めた。

リファルド様とゼノンも腰を上げたけれど、兵士が彼女を取り押さえたため、私に危害が加えられることがないと判断したのか、椅子に座りなおした。

「サブリナさん、ごめんなさい！　あなたがそこまで苦しんでいるとは思わなかったの！　正直に話すわ！　あなたを攻撃しろとわたしに言ってきたのはオルドリン伯爵なのよ！」

「だからって言いなりになる必要はないでしょう」

「あの時のわたしは子供だったの！　言われたとおりにしないといけないと思ったのよ！」

ラファイ伯爵令嬢は、私があのパーティーの夜に立ち聞きしていたことを知らない。彼女は嘘をついてもバレないと思っているだろうけれど、彼女が自らの意思で私を攻撃していたことは分かっている。でも、今は彼女の言い分を聞いてやるふりをする。

「分かりました。子供だったから責任能力がないと言いたいのですね。でしたら、その責任はご両親に取ってもらいましょう」

「そんなっ！」

兵士に押さえつけられたラファイ伯爵令嬢は、悲鳴のような甲高い声をあげた。

彼女にはオルドリン伯爵と一緒に苦しんでもらう。人を傷つけるという行為がどれだけ駄目なものなのか。安易な気持ちで浮気をしていたようだけれど、そんなことをしたらどうなるのか。ちゃんと知ってもらわなければならない。

というか、大人なんだからそんなことは知っていて当たり前なんですけどね！

「さようなら、ラファイ伯爵令嬢。もう二度と私に近づかないでください」

「そんな！　あなたが許してくれないと、わたしは家に戻れないのよ！　二度と近づくなと言うのなら、わたしを許してからにしてちょうだい！」

「本当にあなたは自分のことしか考えていないのですね」

「それの何が悪いの⁉」

「悪くはないですが、今のあなたの態度は謝罪をしているようには思えません」

「……少しいいか？」

リファルド様が手を挙げたので顔を向けて頷くと、彼は口元に笑みを浮かべて話す。

「今後、サブリナ嬢に近づけば、ワイズ公爵家が相手になる。言っておくが、こちらは馬鹿な真似をされて腹を立てているんだ。次も許してもらえると思うなよ」

「……う、あ……っ」

リファルド様にすごまれて絶望したのか、ラファイ伯爵令嬢の目から大粒の涙が溢れ出した。

＊＊＊＊＊

その後、ラファイ伯爵令嬢は兵士によって門の外に追い出された。少しは反省してくれるといいけど、ああいうタイプは自分を棚に上げて、他人が悪いと言うタイプだからどうなるかは分からない。

彼女の姿が見えなくなったところで、メイドがお茶を淹れ直してくれた。花の香りがふわりと香る温かいお茶を飲むと、体が温まったからか心が穏やかになった気がした。

「落ち着いたか」

リファルド様に尋ねられて、カップをソーサーに戻してから頷く。

「はい。興奮してしまって申し訳ございませんでした。しかも涙まで見せてしまって」

「気にするな。言い返すこともせず、ただ泣いているだけに比べたら、俺はいいと思うしな」

「それはリファルドが公爵令息だから言えることなんだよ。普通の貴族は言い返すなんて無理だって」

「お前は言いたいことを言っているだろ」

呆れた顔をしているリファルド様にゼノンが笑う。

「僕の場合は何かあれば君に頼れるから、言いたいことを言えるんだ」

「ふざけるな。人を何だと思ってるんだ。俺はお前なんぞ助けないからな」

「そんなこと言って、いつだってフォローしてくれるじゃん。照れるなって」

「鼻を潰されたくなかったら黙れ」

「ああ、こわ」

おどけるゼノンを一睨みしたあと、リファルド様は私に視線を移す。

「本題に入るが、慰謝料の件はどうする？　もう元夫や浮気相手とは関わりたくないだろうから、俺が間に入ってもいい」

「リファルド様にご迷惑をおかけするわけにはいきませんし、元夫への慰謝料は諦めようと思います。それにあの様子ですと、ラファイ伯爵令嬢からもお金が取れるとは思えません」

「オルドリン家から取ろうと思ったら、元夫と関わらないといけなくなるから、そんなことをするくらいなら慰謝料請求はしないということか」

「そうです。私は慰謝料をもらいそこねても、元夫と関わらないことを選びます」

「分かった。それに、オルドリン伯爵は慰謝料を払えと言われたからって、ダメージを受けるタイプでもなさそうだしな」

「リファルド様はラファイ伯爵家に慰謝料を請求するのですか？」

「まあな。ついでというと言い方が悪いが、君が過去に酷いことをされた分の慰謝料も代理で請求しておく」

　リファルド様がそう言うと、ゼノンが現在のラファイ伯爵令嬢についての評判を教えてくれる。

「彼女は若い貴族には避けられるようになったんだ」

「どういうこと？」

「学生当時は何も言えなかった人たちも大人になって、見て見ぬふりをしていたことを後悔しているんだよ。あんないじめをする人となんて付き合いたくないともね。だから、ラファイ伯爵も話を聞いたら、きっと口止め料も兼ねて、慰謝料をくれると思うな」

ゼノンが言うには、大人になって考え方が変わった人が多いのだそうだ。子供の頃は自分がターゲットにならないようにと怯えていたけれど、今はいじめは駄目だと言えるようになってきたらしい。

私を馬鹿にしている人もまだいるのは確かだけど、多くの人は、わざと人を嫌な気持ちにさせるという行為は許されるものではないし、そのようなことをする人とは付き合いたくないという本音を口に出せるようになっているそうだ。

ラファイ伯爵令嬢がワイズ公爵家を敵にまわしたと分かったら、彼女と仲が良かった人たちも手のひらを返すんでしょうね。

それはそれでどうかと思うわ。友人なら悪いことは悪いと言うべきだし、何も言わずに見捨てるのは違うもの。

……友人といっても、一度も会ったことのない、文通相手しかいない私が言うのもどうかと思われるかもしれない。でも、会ったことはなくても友人は友人だし、思うくらいはいいわよね。

「これから君に連絡を取るには、ゼノンの実家であるジーリン家に連絡を入れればいいんだな？」

リファルド様に話しかけられ、私は頷いてから話す。

「しばらくはジーリン家でお世話になるつもりですが、迷惑をかけると思いますので早いうちに出ていくつもりです。その時には、こちらから連絡を入れさせていただきます」

「出ていくって言っても当てなんてないんだろ」

　ゼノンが眉根を寄せるので苦笑して答える。

「あなたの家にいたら、両親が来るに決まっているもの。ゆっくりしていられないわ」

「クソ叔父なんて気にしなくていいって言ってるだろ」

「問題はそれだけじゃないわ」

　否定すると、ゼノンが聞き返してくる。

「他にどんな問題があるわけ？」

「そのクソ叔父以外にも彼女には気がかりがあるだろう」

「……ああ、オルドリン伯爵か」

　リファルド様に言われ、ゼノンは少し考えてから舌打ちをした。

「……そうなの。あの人にしてみれば、私は所有物みたいなもののようだから、自分の望むとおりに動いていないと文句を言ってくるに決まっているわ。離婚だって、元義母のように簡単に認めてくれるかは分からない」

　私がどう生きるかは、オルドリン伯爵次第だというようなことを言っていた。そんなの絶対に嫌だ。私の人生は私のものだ。

　自分で望むならまだしも、自分が納得していないのに彼の望むように生きたくなんかない。

「君の人生は君のものだろう。誰かに助言を受けるのはいいが、最終的な判断は君がすべきだ。誰かに決められて歩む人生なんて、納得できるとは思えない」

私が考えていたことと同じことを、リファルド様が言ったので驚いた。

この考えがやっぱり普通の考え方なのね。

「……そうですよね。それは私もそう思います。ですから、私は私の生きたいように生きようと思います」

「それでいいと思う」

満足したように頷くと、リファルド様は今度はゼノンに話しかける。

「お前はどうするんだ」

「サブリナを僕の家まで送り届けたら、また隣国に戻るよ。仕事が忙しいのもあるし、ノルンに長い間会えないのも辛いからさ」

「ゼノン、迷惑をかけてごめんなさい。それから、本当にありがとう。ノルン様にも手紙を送るつもりだけど、ゼノンからもお礼を伝えておいてくれる？」

「どういたしまして。僕は強くなったサブリナが見れて満足だから気にしなくていいよ」

ゼノンは満面の笑みを浮かべて言った。私が頑なに自分の力で解決しようとしなければ、もっと早くにオルドリン伯爵の本性を知ることができたのかもしれない。恋は盲目と言うけれど、本当にそうだったわ。

さようなら、旦那様。

今までの私はあなたのために生きていました。でも、もう、私にあなたは必要ありません。

私はあなたがいなくても、必ず幸せになってみせます。

あなたは、ラファイ伯爵令嬢、または他の浮気相手の方と、どうぞお幸せに。

オルドリン伯爵邸を出た次の日に、僕は貸別荘に着いた。宿屋に泊まらず、貸別荘を借りている時は、その土地ごとで、期間限定のメイドを雇うようにしている。

最初は身の回りの世話から入ってもらい、僕に興味を持つようなら、そこから深い関係に持っていく。そうすれば、給料を払わなくても、自ら世話をしてくれるようになるからだ。

独身の女性なら、サブリナと別れて君と結婚したいと言えば、簡単に落ちる。相手も僕が既婚者だということは知っているので、ばれたら困るのはお互い様だから公にはしない。

中には僕のことがタイプじゃないという人間もいるが、その時はただのメイドと主人の関係で終わらせているから、面倒なことにはならない。

給料はいいので、たとえ短い期間であっても、いつもならばすぐに見つかる。それなのに、今回はいまだにひとりも面接にやってこない。

「本当についてないな」

こんなことなら家で大人しくしていれば良かっただろうか。僕の言うことを何でも信じるサブリナだから、世間が何を言おうが、僕が浮気していないと言えば、素直にそう受け取るはずだ。そうだ。世間の目を僕から逸らすために、サブリナに何か問題を起こしてもらおうか。

彼女には僕しかいない。そんな僕が困っているのなら、頼めば何でもしてくれるだろう。

もう一晩待って、このままメイドが来ないようなら、サブリナの元へ帰ろう。彼女のことだから、喜んで僕を迎えてくれるだろう。

サブリナは僕の言うことを何でも聞く人形だ。彼女と一緒にいれば、僕が不快な思いをすることはない。

リビングのソファに腰かけて思いを巡らせていると、いつも一緒に旅をしている御者が話しかけてきた。

「どうかされましたか?」

「いや、今までなら募集をかけてすぐに面接希望の人が現れるのに、今日は誰も来ないと思ってね」

「ああ、そういうことですか」

御者は頷くと、眉尻を下げて言う。

「旦那様、そのことですが、サブリナ様との離婚が原因で人が来ないのではないでしょうか」

「……なんだって？　僕は離婚した覚えなんてないぞ⁉」

僕は認めていないのに、どうして離婚したことになってるんだよ⁉　僕は何も聞いてないぞ⁉　それに、サブリナだって僕が出かける時、そんな素振りは一切見せていなかったじゃないか。

「ラファイ伯爵令嬢の件のついでのように、旦那様とサブリナ様との離婚が新聞に書かれていました。はっきりとは書かれていませんでしたが、ラファイ伯爵令嬢のお相手は旦那様だということに、多くの人間が感づいています。旦那様は慰謝料を請求されるかもしれませんし、メイドとして働いてもお金がないと言われてしまう可能性があると警戒しているのではないでしょうか」

「慰謝料だって⁉　僕は違うと言っているじゃないか！　それに、僕が了承していないのに、どうやって離婚なんてできるんだ⁉」

何かの間違いだろうと思ったその時、誰かが訪ねてきたのか、玄関の呼び鈴が鳴った。

ああ、きっと、御者は夢で見たことを現実だと思い込んでいるんだ。

今はとにかく、面接だ。身の回りの世話をしてくれる人がほしい。落ち着いてから、御者と改めて話をしよう。

そう思いながら出迎えると、ポーチに立っていたのは、僕の不幸の原因を作った女性、ベル・ラファイだった。ベルは化粧の落ちた醜い顔をして、僕を無言で見つめている。

「ど、どうして君がこんなところに？」

「こんなところというのはこっちのセリフよ！　あなたは、どうしてこんなところにいるの？　わたしがここまで来るのにどれだけ苦労したか分かる？」

ベルは驚いている僕の体を押しのけて家の中に入ってくると、持っていた荷物を近くにあった棚の上に置いた。そして、僕に命令する。

「喉が渇いたわ。何か飲み物をちょうだい」

「え？　いや、それはかまわないが、それよりも先にどうして君がここに来たのか知りたい」

「は？　本当に分からないの？　それとも嫌がらせ？」

「分からないから聞いているんだ！」

ベルは僕を見て鼻で笑ってから続ける。

「あなたと浮気をしていたことがばれて、わたしはリファルドさまから婚約破棄されたの。それはあなたも知っているでしょう？　これだけでも最悪なのに、真実を知ったお父様から家を追い出されたのよ！」

「なんだって!?」

ラファイ伯爵も噂を信じたって言うのか？　最悪だ！

「ねえ、アキーム様、わたしには頼れる人はあなたしかいないの。大体、あなたが悪いんだから、ちゃんと責任を取ってよね」

ベルは偉そうに言うと、僕が水を用意しないからか、家の奥に入っていってしまった。

どうしてこんなことになったんだ？　僕はベルとの生活なんて望んでいないのに！

そうだ。とにかく、今は帰ってもらって、今晩のうちにここを発って家に帰ろう。家に逃げ込めば、彼女も家の中までは入ってこれない。

「ベル！　頼むから今日のところは帰ってくれないか！」

「嫌よ！　わたしには行く場所がないの。あなたに責任をとってもらうと言ったでしょう！」

「そんなの無理だよ。頼む。お願いだから、僕の言うことを聞いてくれ！」

「だから、嫌だって言っているでしょう！」

僕の話をまったく聞こうとしないベルを見て、僕は我儘を言わないサブリナがどれだけいい妻だったのかを実感した。

「サブリナなら、大人しく帰ってくれる」

僕が悲しげな声を出すと、ベルは鼻で笑う。

「言っておくけど、彼女は昔の彼女じゃないわよ」

「は？　何を言っているんだ？」

「そのままの意味よ。彼女はもう、あなたの知っているサブリナじゃないわ」

嘲笑するベルを見て、御者の言っていた離婚の話が夢ではなくて、本当の話なのかもしれないと思った。

そんな……、サブリナが僕から離れる？

「嘘だ。僕は信じないぞ」

あのサブリナが僕から離れるだなんて、絶対にありえない！

「ベル！　ここにいたいならいればいい！　僕はオルドリン邸に戻って、ことの真意を確かめる！」

「なら、わたしも行くわ。オルドリン伯爵邸はわたしの家になるんですからね」

微笑むベルを見て、厄介な女性に手を出してしまったと、僕は自分自身を呪った。

第三章　私の人生は私のものです

伯父様の家に来てから、三日が経った。

伯父のジーリン伯爵は、学生時代には幾つかの国に留学していたため、多言語が話せるということもあり、外交に強い。人当たりのいい性格や機転が利くこともあり、王族からその腕を買われている。息子のゼノンが外交官になったのも伯父様の影響を受けたからでしょう。

ジーリン家には昔から何度も訪れてはいたけど、屋敷に長く滞在したことはなかった。

お母様は知らない人に会うことが苦手だったし、たまに会う義兄や義姉にも人見知りをしていた。

お父様は伯父様の前では私に辛く当たることができない。だから、招待されてもすぐに帰ることが多かった。両親は本当はジーリン家に来たくなかったみたいだけど、断る理由もないし、断り続けても怪しまれると思ったみたいだ。

ここでの暮らしは慣れない環境で戸惑うことも多い。でも、困ったら誰かが助けてくれるので不安な気持ちになることはなかった。私が今まで見てきた世界は冷たい人ばかりだった。いい人もたくさんいるんだと知れて本当に良かったし、誰かからの優しさを受けて、そうでなかった時の気持ちを知っているから優しくなれるのだということを実感した。

伯父様たちは今まで頑張ってきたのだから、ここではゆっくりすればいいと言ってくれる。

でも、お世話になる以上は何かせずにはいられないし、出ていくためにはお金が必要だと話すと、屋敷内での雑用を頼まれた。そう大変なものでもないし、衣食住も保証されて、お給料までもらえるのだから恵まれた環境だと言える。

今日は書斎に置かれていた古い新聞を整理する作業を任されていたので、黙々と作業を進めていると、メイドがやって来た。

「サブリナ様、ワイズ公爵家からお手紙が届いております」

「ありがとう」

作業の手を止めて、メイドから手紙を受け取る。差出人を確認するとリファルド様からだった。

言葉遣いや態度は俺様といった感じなのに、文字はとても繊細で綺麗だ。……というか、手紙を私みたいに自分で書いたりしないわよね。きっと、誰かに代筆を頼んでいるに決まっている。

どうでもいいことを考えながら、封が切られた封筒の中から手紙を取り出した。そこには、ラファイ伯爵令嬢のことだけでなく、オルドリン伯爵や私の両親の動きが詳しく書かれていた。

両親は近いうちに私に会いにくる予定を立てているらしい。これは、伯父様からも話は聞いていた。伯父様は来るなと言ってくれているけど、お父様のことだもの。勝手にやってきて、私に会わせろとうるさく言ってくるに違いない。

今までは私が悪くなくても、怒られれば言い返さずに謝るだけだった。だけど、今の私は違うわ。

自分自身が悪かったと思わない限り、絶対に謝らない。

そう心に決めて、数枚ある報告書のような手紙を読み進めていくと、オルドリン伯爵が私との離婚を認めないと言っているという文章が書かれていた。

離婚を認めないだなんて、どうしてそんなことを言うのよ。

オルドリン伯爵は私のことをいまだに、自分のおもちゃか何かだと勘違いしているんじゃないだろうか。私はオルドリン伯爵のおもちゃなんかじゃないし、もう無関係だ。

離婚に異議を申し立てないようにお願いしているんだから、エレファーナ様にはしっかり管理してもらわないといけないわ。もし、放置しているだけなら、こっちにも考えがある。

黒い感情が渦巻いてきたことに気がついて、慌ててオルドリン伯爵のことを考えるのはやめた。

手紙の最後には、伯父様にも、同じ内容を連絡すると書かれていた。リファルド様は一見近づきにくい人に見えるけど、根は優しい人なのだと思う。

もしくは曲がったことが嫌いなのかもしれない。だから、私のことも見捨てられないのかも。……いや、やっぱりゼノンのおかげかしらね。ゼノンがリファルド様に私の面倒を見てやってくれと頼んでくれたとか？

でも、それだけで動いてくれる人でもないわよね。

ラファイ伯爵令嬢はリファルド様に不満はなかった。なのに、浮気をした。

たとえ、リファルド様の態度が冷たかったとしても、それは浮気をしてもいい理由にはならない。リファルド様がラファイ伯爵令嬢に怒って、婚約を破棄する気持ちは分かるわ。前にもゼノンが言っていたけど、公爵家のメンツというものもあるしね。そのついでみたいなもので、私にもかまってくれているんだわ。

そういえば、どうして、リファルド様の婚約者はラファイ伯爵令嬢だったのかしら。もっと、爵位が上の女性でも良かった気がする。ラファイ伯爵家って、そんなにも権力がある家なの？　そうとは思えないんだけど、私の知らない何かがあるのかもしれないわね。

今度会うことがあれば、詳しく話を聞いてみてもいいかしらと考えていると、メイドが話しかけてくる。

「どうかされましたか？」

「ごめんなさい。手紙を読んでいたら、色々な感情が浮かんできてしまったの。私ったら、そんなに思いつめた顔をしていたかしら」

「とても難しいお顔をされていました」

「暗い顔をしていては駄目ね！　気持ちを切り替えて仕事の続きをするわ！」

笑顔でそう言って、中断していた作業を再開した。


*****

「オルドリン伯爵が君に会いたいと手紙を送ってきているんだがどうする？」

リファルド様から手紙が届いた二日後の昼食時に伯父様から尋ねられて驚いた。

手紙を送らないようにお願いしたのに、エレファーナ様は何をしているのかしら。オルドリン伯爵が勝手に送っているのかもしれないけど、それって結局は、息子を止められていないじゃないの。

「事後報告で悪いが、封を開けて内容を読ませてもらった」

「それはかまいません。オルドリン伯爵は何と書いてきていたんですか？」

「自分は離婚を認めていない。サブリナのことを本当に大事にするから、離婚が決まってしまったのなら再婚したいというような内容かな」

「再婚ですって？」

驚いて聞き返すと、伯父様は苦笑する。

「ああ。信じられないよな。自分の知らない所で話が進められたにしたって、やり直せると思える思考がすごい」

「本当に信じられません。あの、オルドリン伯爵にお断りの手紙を出そうと思うのですが、手紙を読ませていただいてもいいですか」

「もちろんだよ。でも、君宛じゃなくて僕宛の手紙だから返事は僕がする。この件は僕に任せてくれ。それよりも、目先の問題として気になるのは、愚弟の件だ」

「……お父様はしつこい性格ですからね」

中肉中背で温和な雰囲気を醸し出す紳士の伯父様は、ため息を吐いてから答える。

「十日後にはこちらに来るそうだ。来るなと言っても無駄だろうね。来てほしくないなら条件をのめと言ってきている」

「どんな条件でしょうか」

「オルドリン伯爵との再婚だ」

どうして、お父様がオルドリン伯爵との再婚を望むの？　普通の親なら、離婚した相手との再婚を勧めるなんてありえないでしょう。しかも、オルドリン伯爵も再婚を望んでいるみたいだから、もしかして、ふたりは繋がっていたりするのかしら。

「どうして、そんなことを望むのか理由は分かりませんが、お父様はどうしても私を不幸にさせたいみたいですね」

「そうだな。本当に親なのかと疑ってしまうよ。まあ、絶対に来ると分かっているのだから、こちらも対策はしておく。それから、ゼノンがこのことをリファルド様に話すと言っていたが、それはかまわないかな?」

「はい。リファルド様のご迷惑にならなければ結構です」

「分かった。そう伝えておくよ」

伯父様たちに早速、迷惑をかけてしまうことが本当に申し訳なかった。大体、お父様もオルドリン伯爵も再婚だなんて、どうしてそんな信じられない話を考えることができるのかしら。

絶対にお断りだわ!

＊＊＊＊＊

十日後、両親がジーリン伯爵家にやってきた。

伯父様たちと一緒にエントランスホールで出迎えた私に、父であるバンディ・エイトン子爵は無言で近寄ってくると、私に向かって手を伸ばしてきた。でも、隣にいた伯父様が睨みをきかせてくれたので、行き場をなくしたかのように手は下ろされる。

「何をしようとしていたのかは知らないが、あれだけ娘に会いたいと言っていたのに不満そうだな」

「兄さん、あまり、サブリナを甘やかさないでくださいよ。離婚なんて恥ですよ、恥」

一般的な体形の伯父様とは違い、お父様は大柄で筋骨隆々といった感じだ。

同じような体形をしている騎士隊長を見たことがあるけど、その人は爽やかに見えたのに、お父様だとむさくるしく感じてしまうのはなぜなのかしら。

表向きは護身だとか言いながら、人を殴るために格闘技を習っていたというのだから、考えが理解できない。子供の頃の私には死なない程度に加減をしていたのだから恐ろしい。

伯父様が厳しい表情で口を開く。

「サブリナと話をするのはいいが、お前たち家族だけでは駄目だ」

「……兄さんが一緒に話を聞くつもりですか」

「いや、ゼノンに任せるつもりだ」

伯父様が答えると、後ろに控えていたゼノンが笑顔で手を振る。ゼノンは今日のために、急遽、隣国から戻ってきてくれていた。

「久しぶりですね、クソ叔父……じゃなくて、叔父上」

「おい、聞こえたからな。まったく、兄さんはどんな躾をしているんだか」

お父様は伯父様を睨む。

「お前に言われたくないよ。躾と言うよりも、お前の場合は虐待だからな」

「そんなことはありませんよ。サブリナだってそう思わないだろう？」

お父様は私が頷くと思っているのか、憎たらしい笑みを浮かべて言った。

「……いいえ」

「え？　なんだって？　聞こえない！　お前はいつだって声が小さい」

「いいえと言ったんです！　前々から思っていたことを言わせていただきます。あなたは最低な父親です！」

「なんだと？」

話を遮った上に、口にした言葉が予想外だったのか、お父様は訝しげな様子で私を見つめてきた。

「お父様が子供の頃の私にしたことを、私は忘れていませんから！」

「はあ？　オレが何をしたっていうんだ！」

「私を捨てようとしたり、暴力をふるって脅したりしていましたよね」

「お、おい。馬鹿なことを言うな！」

お父様が伯父様やゼノンを見て慌てた様子で声を荒らげた時、お母様が叫ぶ。

「バンディ様！　やめてください！」

「うるさいな！　お前は黙っていろ！」

お父様は小柄で細い、お母様の体を突き飛ばすと、私のブラウスの襟首を掴む。

「誰のおかげで嫁にいけたと思っているんだ」

「最低な旦那様のところに嫁がせていただき、ありがとうございました。勉強になりました」

「落ち着いてくださいよ、クソ叔父上。あ、本人の前でクソって言っちゃった。まあいいか。

クズよりマシかな。立ち話もなんですから、応接にご案内しましょう」

ゼノンがお父様の腕を掴んで言うと、お父様は不満そうにしながらも私から離れて頷く。

「しょうがないな。それにしても、まったくもってむかつく甥っ子だ」

「ありがとうございまーす。褒め言葉入りましたぁ！」

ゼノンは馬鹿にした調子で言うと、上機嫌で歩き出した。私はそんな彼を追いかけて小声で話しかける。

「助けてくれたことには感謝するけど、ちょっとやりすぎよ。しかも、クソ叔父上だなんて」

「堪えてないから大丈夫だよ。それに本当のことだろ？　ああ、これからが楽しみだな。サブリナの予想通りにお願いしてくるだろうか。この目で確認できないのが残念」

「遊びじゃないんだから！」

先程お父様に掴まれて乱れた服を直しながら、ゼノンを窘めた。

子供の頃の私は、お父様のことが怖かった分、どうすれば機嫌を損ねずに済むか知りたくて、気づかれないように観察していた時期がある。その時に分かったのは、お父様は権力者に弱いということだ。

なら、その弱点を突かせてもらう。

応接室の前に着くと、お父様はゼノンに話しかける。

「まずは家族だけで話をさせてくれ」

「第三者がいないと危険ですから無理です」

しれっとした顔で答えるゼノンに、お父様は舌打ちをすると、こう提案する。

「ならば、ゼノンでは駄目だ。他の奴にしろ」

予想していた反応をしてきたので、私とゼノンは顔を見合わせた。その様子が困っているように見えたのか、お父様は笑みを隠さずに言う。

「ほら、早くしろ。代わりがいないなら、家族だけで話をさせてもらうぞ」

「ゼノン、私は他の人でもかまわないわ」

「……分かった」

ゼノンは神妙な面持ちで頷くと、お父様に話しかける。

「僕や両親以外ならいいようなので、先に中で待っている人に任せることにします」

「……中で待っている？」

「ええ。クソ叔父上が来るのを待っていた人がいるんですよ」

「オレを？」

クソという言葉をスルーしているけれどいいのかしら。まあ、今回は良しとしましょう。

「お父様、とにかく中に入りましょう」

下手に怪しまれても困るので、詳しく聞かれる前に強引にお父様を部屋の中に入れると、お母様も何も言わずに無言で一緒に入ってきた。

談話室には、木のローテーブルとワインレッド色の三人用のソファがふたつ、真正面にひとり用のソファがひとつだけある。待っているはずの人物は窓際にいて、私たちに背を向けていた。

わざと顔が分からないように、そこに立っているのね。こんなことを言うのもなんだけど、ゼノンと仲がいい理由が分かるわ。

「俺のことは気にせずに話をしてくれ」

窓際に立っている人物は裏声で言うだけで、こちらを振り向こうとはしない。余計に気になる気もするけど、ここは私が何とかすればいいわよね。

そう思った時、お父様が私の胸ぐらを掴んで叫ぶ。

「この生意気な娘め！　勝手に離婚なんてしやがって！　クズは大人しくあの腐った家にいればいいんだよ！」

「嫌です！　何があってもオルドリン伯爵家には戻りませんし、実家にも戻りません！　あと、腐っているのは実家もそうですから！」

「はあ？　お前が嫁げたのは誰のおかげだと思っているんだ！」

「昔の私が馬鹿でした！　目が覚めたので感謝なんてできません！」

「サブリナちゃん、お父様の言うことをきかないと駄目よ」

私が言い返すと、お母様は小さな体を震わせて続ける。

「お父様はいつだって、サブリナちゃんの幸せを考えているんだからっ！　あなたはお父様の言うことを聞いていればいいの！　そうすれば幸せになれるのよ！」

「私の幸せ？　そうじゃないでしょう。お父様が幸せなだけだわ！　言わせてもらいますが、私の幸せは、あなたたちやオリンドル伯爵家と二度と関わらないことです」

「生意気な口を利くようになったもんだ！　お前は一度、殴られないと分からないようだなぁ！」

「それはこっちのセリフだ。馬鹿者が」

「……は？」

お父様は振り上げた腕をおろして、言葉を発した人物に罵声を浴びせる。

「なんだ、文句があんのか、この野郎！　文句があるなら、面と向かって言えや！　この弱虫野郎！」

この人、本当に貴族なのかしら。チンピラだと言われたほうが納得できるわ。

お父様の暴言にため息を吐いたあと、彼はこちらを振り返って顔を見せた。

「俺に喧嘩を売るとはいい度胸だ」

「な、な、な！」

相手がリファルド様だと分かった瞬間、お父様の顔色が一気に悪くなった。さすがのお父様も、ワイズ公爵令息の顔を知らないはずがない。

後ろ姿だけで気がつかなかったのは、親しい間柄ではないからだろう。

お父様は私から距離を取って、部屋の奥にいるリファルド様に話しかける。

「ワイズ公爵令息がどうしてここにいるんですか⁉」

「ゼノンから、どんな時も胸糞な気持ちにさせられる人物がいると聞いて、興味が湧いたから見に来た」

「ゼ、ゼノンから……？　そんな！　ゼノンと仲がいいことは存じ上げていましたが、今までは私に興味などなかったではないですか！」

「興味などあるわけないだろう。ゼノンは今までは、お前のことなど話題にしなかったからな」

「なら、どうして今になって私に興味を示すんですか⁉」

「知らないのか？」

リファルド様は嘲笑とも取れる笑みを浮かべた。

「……知らないのかとはどういうことでしょうか」

お父様は理由が分からないようなので、私が教えてあげる。

「お父様、オルドリン伯爵と浮気していたのは、どなたかご存じないのですか」

「あっ！」

お父様は焦った顔になると、リファルド様には聞こえないように呟く。

「クソ。そうだった。どうして、よりにもよって公爵家の婚約者なんかに手を出すんだ、あいつは馬鹿か！」

「何か言ったか？」

リファルド様が尋ねると、お父様は「何も言っていません」と首を横に振った。何も言っていないことはないので、私が代わりに、お父様が言っていたことを伝える。

「よりにもよって公爵家の婚約者なんかに手を出すんだ、あいつは、と言ったあとに暴言も吐いていました」

「おい！　サブリナ！　馬鹿なことを言うな！」

「彼女に触るな！」

リファルド様が一喝すると、お父様は私に向かって伸ばしていた手を引っ込めた。

応接室の入り口付近に立っている私たちに近寄りながら、リファルド様がお父様に尋ねる。

「お前は今、彼女に何をしようとした」

「な、何を……って、その、娘が余計なことを言うものですから止めようとかと思いまして……」

「どうやって止めようとしたんだ？」

「つい、手が出そうになってしまいました。申し訳ございませんでした」

お父様は謝ったあと、手をすり合わせながら、リファルド様を見つめる。

「ワイズ公爵令息には大変申し訳ございませんが、家族だけで話をしたいんです。部屋から出ていってもらってもいいでしょうか」

「断る」

きっぱりと断られたお父様は、引きつった笑みを浮かべながら言う。

「ここは私の実家です。いくら公爵令息といえども好き勝手に行動できるものではありません」

「言わせてもらうが、実家だからといって好き勝手してもいいわけではないだろう。俺はここの主人から許可を得ているんだ。お前に文句を言われる筋合いはない」

「それはそうかもしれませんが、そこを何とかお願いできませんか」

お父様は両手を合わせるだけでなく、頭を下げて頼み込んだ。でも、リファルド様はそんなことは気にしない。

「しつこいな。断ると言っただろう。長い言葉じゃないんだ。すぐに理解してくれ」

「どうかお願いします。家族だけで話をさせてください」

「お願いいたします」

お父様はカーペットに額をつけて懇願し、お母様も同じようにしゃがんで頭を下げる。こうやって低姿勢になって、酷いことをするような人間には思えないと、相手に思わせようとする。

でも、私や弱いものの前では偉そうにするのだ。このことは、リファルド様に伝えているし、そんな演技に騙される人でもなかった。

「断ると言っているだろ。大体、どうしてそんなに嫌がるんだ」

「プライベートな話だからです！」

「俺が他言するとでも思うのか？」

「そういうわけではございません！　ただ、話を聞かれれば、娘が可哀想かと思いまして」

「公爵令息の望みを娘のために断ると言うんだな。まあ、いいだろう」

リファルド様は頷くと、私に尋ねる。

「では、本人に聞こう。サブリナ嬢、君は俺に話を聞かれたくないか」

「いいえ。その逆です。一緒に聞いていただきたいです」

「サブリナ、お前！」

床に膝をつけたまま、頭を上げたお父様が私を睨みつけてきた。

あの目をしたお父様に、何度か殴られたことがあるし、罵声を浴びせられたことは数え切れない。その恐怖を思い出して、一瞬、怯みそうになった。でも、お父様よりも強い視線を感じて横を見た。

そうだわ。力では敵わない。だから、殺されてしまうのではないかと思って、今までは怖くてしょうがなかった。

今の私にはリファルド様が付いている。ゼノンじゃないけど、リファルド様の権力を貸してもらうわ。そのために、この場に来てもらったんだもの。

大きく深呼吸してから、お父様に話しかける。

「お父様がどんな話をしようとしているのか分かりませんが、リファルド様に聞かれては困るようなことを言うおつもりですか？」

「そ、そういうわけじゃない！」

「では、ここで話はできますよね？　もしかして、以前、手紙に書いていた再婚の話をしようとしていたのでしょうか」

　冷たく言うと、お父様は悔しそうな顔をした。

　私に反抗されるなんて夢にも思っていなかったんでしょう。お父様の顔を見ると、私が昔の自分よりも強くなっていることが実感できた。

　私たちのやり取りを見たリファルド様は笑みを浮かべたあと、お父様に話しかける。

「別れたばかりの娘に、もう再婚相手を考えてるのか。でも、話をしなくても良くなったな。彼女にその気はないんだから、そんな話をしても時間の無駄だ」

　リファルド様には、お父様から届いた手紙の内容を伝えているから、初めて聞いた話ではない。でも、知らないふりをしてくれたようだった。

「今回の離婚はオルドリン伯爵の浮気だということは分かっています。ですが、彼はサブリナと別れたくなかったんです！」

「どうして、子爵がそんなことを知っているんだ？」

「オルドリン伯爵から連絡が来たからです」

お父様はリファルド様に訴え続ける。

「彼は、サブリナのことを愛しています。一度くらいの浮気なら許してあげるべきではないでしょうか！」

ありえない発言をしたお父様に、私は苦言を呈する。

「お父様、その理屈ですと、何をやっても反省すればいいになりませんか」

「俺もそう感じた。浮気は悪くないとでも言いたいのか」

私の苦言にリファルド様が同意すると、お父様は立ち上がって訴える。

「貴族の多くの男性は浮気をしています！　珍しいことではありません！」

「ふざけるな。お前の周りに多いだけで、していない奴のほうが多いに決まっているだろ。現に俺だってしていない。お前は浮気をしていない奴が悪だとでも言いたいのか」

「そ、そういうわけではありません！　ですが、その、先程も言いましたが、貴族の浮気は珍しいことではないですから！　多くの人間がしているんです！　責められるものではありません！」

どうして、そんなに浮気を肯定するのよ。

――ま、まさか、お父様も？

「お父様、確認したいのですが、もしかして、あなたも浮気している、もしくは、過去に浮気をしていたんですか」

まさか、義母だったエレファーナ様と浮気しているとかじゃないわよね!? その関係でオルドリン伯爵とも繋がっているの？

私の質問に動揺する素振りを見せたお父様は、すぐに平静を装う。

「そんなわけがないだろう！ オレは浮気なんてしてない！ サブリナ！ 今日のお前はどうかしているぞ！ 浮気されたショックでおかしくなったんじゃないのか!?」

「おかしいのはお父様のほうです！ お父様の場合は今日だけじゃなく昔からですけど！」

「サブリナちゃん！ お父様になんてことを言うの！」

お母様は甲高い声をあげて立ち上がると、私の頬に向かって手を振り上げた。叩かれるという恐怖で身がすくんだ時、腕をリファルド様に引っ張られた。

「きゃっ！」

私が横に避けたから、お母様は勢い余って前のめりになって床に体を打ち付ける。

「娘に手をあげようとするなんて困った母親だな。悪い男に盲目になっているところは、昔の君と同じじゃないか」

ふうと息を吐くリファルド様に慌てて謝る。

「申し訳ございません！」

「謝らなくてもいい。母親の件は君のせいじゃないだろう。それに、君はちゃんと目を覚ましている」

「あの、では、助けていただき、ありがとうございました」

「気にするな」

頷いたあと、リファルド様は倒れているお母様を見下ろして尋ねる。

「娘が実の父親をおかしいと言うのはいいことではない。だから、叱ろうとしたという行動は理解できる。だが、どうして頬を叩く必要がある？　暴力をふるわなくても、サブリナはあなたの話を聞くことができるだろうに」

「も、申し訳ございません！」

ガタガタと震えながら、お母様は床に額をつけて謝罪を続ける。

「申し訳ございません、申し訳ございません！」

「分かったから何度も謝罪するな。謝罪が安っぽいものに聞こえる。それに謝るならサブリナに謝れ」

「あ、あの、お願いです！　む、娘のサブリナを再婚させてやってください！」

突然、お母様までわけの分からないことを言い出した。大体、どうしてリファルド様にお願いするの？　お母様はお父様のどこが良くて結婚したんだろうと、いつも疑問に思っていたけど、似た者同士だから良く思えるのかしら。

「何を言っているのかわからん。俺は再婚に反対するとは一言も言っていないだろう。大体、再婚するかどうかはサブリナが決めることだ」

「サブリナちゃん！　お願い！　アキーム様と再婚してちょうだい！」

私に訴えるお母様を見たリファルド様は呆れた顔をしたまま、私に目を向ける。

「どうでもいいことだが、ちゃん付けされているのか」

「はい。やめてほしいとお願いしましたが、呼び捨てにできないんだそうです」

「意味がわからん」

「それは私も同意見です。せめて人前では絶対に呼ばないでほしいとお願いしていたんですが、無理でした」

リファルド様にお願いする時は、ちゃんを付けなかったけれど、私に話しかける場合は無理だったらしい。使い分けができるなら、せめて人前では徹底してほしいわ。

「ちゃんを付けることが愛称ならまだしも、そうじゃなさそうだしな」

貴族の間では、このような呼び方をすると子供扱いされているということで馬鹿にされてしまう。だから、家庭内で呼ぶことはあっても、他人の前で口にすることはない。

でも、お母様はそんなことは気にしていなかった。それで私が馬鹿にされても、お母様は痛みを感じることなどなかったからだ。

「サブリナ！」

ふたりを無視して話をしていたからか、お父様は私を指差して叫ぶ。

「今日はここに泊まることにしている！　だから、あとで改めて話をするからな！」

「分かった」

リファルド様が返事をしたので、お父様は焦った顔をする。

「あの、ワイズ公爵令息に言ったわけではなくてですね」

「俺はしばらくの間、ジーリン邸に滞在して、自分の仕事をさせてもらうことになったんだ。だから、いくらでも話を聞いてやれるぞ」

「ど、どうして、そんなことに、というか、私はサブリナと話をしたいだけで……」

リファルド様に笑顔で言われたお父様の顔があまりにも間抜けなものになっているから、つい笑い出しそうになるのを、必死に堪える。そんな私の様子を知ってか知らずか、リファルド様は真剣な表情で言う。

「次にサブリナに手を出したら、俺に手を出したものと同一とみなす。暴言も同じだ」

「……え、あ、どうして、どうしてそうなるのですか！　大体、あなたにそんな権利はあるのですか!?」

「俺はまだ公爵ではないが、次期公爵だと決まっている。それでも気に食わないなら、父に話をして、お前に対する処理は俺に一任させてもらうことにする」

リファルド様は、お母様や私にはお前という言い方はしないのに、お父様には言うのね。ゼノンのことをそう呼ぶのは親しいからだと思うけど、お父様に対しては明らかに馬鹿にしているといった感じだわ。

しかも、処理と言っていたしね。

お母様は立ち上がると、私に涙目で訴える。

「サブリナちゃん。あなたが幸せになるにはお父様の言うことに従わなければ駄目なのよ。お願いだから、言うことを聞いてちょうだい」

「従ったら不幸になりましたので、お父様の言うことは信じられません」

「違うわ。浮気を気にするからいけないのよ。離婚せずに一緒に暮らし続ければ、いつかは幸せになれていたのよ」

「そうとは思えません」

「サブリナちゃん！　どうして分かってくれないの！」

「分かるわけがないでしょう！」

声を荒らげると、お母様は涙目になって黙り込んだ。

「……ああ、もううるさい！　ふたりともやめろ！　今日はもういい！　ここに滞在するつもりだったが、また改めて来ることにするから帰るぞ！」

「分かりました」

お父様が促すと、お母様は身を縮こまらせて頷いた。

「次があればいいな」

リファルド様が笑顔で手を振ると、両親はびくりと体を震わせて足を止めた。そんな両親にリファルド様は尋ねる。

「どうした。帰らないのか」

「……ええ、ああ、はい。帰ります」

大きい体を縮こまらせて、お父様は逃げるように部屋を出ていく。お母様も一緒に出ていこうとしたけど、振り返って私に話しかけてきた。

「サブリナちゃん。覚えておいて。あなたの幸せはアキーム様と一緒にいることだからね。昔のあなたもそう言っていたわ。そのことを思い出して。それにアキーム様も幸せに思える瞬間は、家に帰った時にあなたが出迎えてくれることだと言っていたわ」

オルドリン伯爵のことを言われても、もう心に何も響かない。

「昔の私と今の私は違うんです。私の幸せをお母様が勝手に決めないでください。私はお母様のようになりたくないんです」

「酷い言い方をするのね。あなたは勘違いしているようだけど、わたしは幸せなのよ。人の話を聞くこともできないあなたには、本当にがっかりだわ」

お母様は私にそう言うと、リファルド様には一礼して部屋を出ていった。扉が閉まると、リファルド様は表情を緩めて私を見つめる。

「君は悪い人間を引き寄せる力でもあるのかもな。非常に興味深い」

「……うう。そんな嫌なことを言わないでくださいませ。好きで引き寄せているわけではないんです。しかも、相手は両親ですよ」

「両親のことは別だ。元夫やその家族などのことを言っている。まあ、それだけ心が綺麗なんだろう。だから、悪い奴が利用しようと集まる。それにしても、あの親と一緒に暮らして、よく悪の道に染まらずに済んだな」

「お母様に似て臆病なだけだと思います。開き直る勇気もなかったんです」

「でも、君は踏み出すことができただろう。君の母は夫が正義だと思い込んでいるようだし、重ねた年月を考えると、目を覚ますのは難しいだろうな」

「もしかしたら、お母様もああなるきっかけは私と同じように騙されたからかもしれません」

きっと、お母様にとって、お父様はヒーローなんだわ。だから、いつまでも頼れる人だと思っている。実体は最低な人物なのに！

むかむかしていると、リファルド様が苦笑して話しかけてくる。

「君は両親が好きか」

「……こんなことは言いたくないですが、いいえ、です」

「ならいい。さて、まずは君の両親に今回のお礼をせねばならないな」

お礼って、絶対に嫌な意味のほうよね。

笑顔のリファルド様を見て、敵にまわしたくないなとつくづく思う。でも、リファルド様が味方になってくれた今のほうが過去よりも幸せだと思うことは間違いないわよね。

「どうして離婚が成立しているんだ！　僕はサインしていないんだぞ！」

離婚の話を聞きつけた僕は役所に行って文句を言ってみた。

でも、離婚届はサブリナ自身が提出したものであり、オルドリン家に確認したところ、母上が離婚で間違いないと答えたそうで、今さら離婚の破棄はできないと言われた。

「ねえ、アキーム様。もういいじゃないの。このままわたしを養ってよ」

あれから、どれだけ帰ってくれとお願いしても、ベルは別荘に居座った。だから、置いて逃げようとしたけれど、四六時中、僕を見張っていたから無理だった。

ベルはあれだけサブリナを攻撃することに必死だったのに、ワイズ公爵家を敵にまわしたくないからか、今は僕からサブリナを遠ざけようとするようになった。もしくは、自分が後釜になろうと企んでいるから、元妻のサブリナを近づけたくないんだろう。

僕はベルに文句を言う。

「ベル、君は本当に酷い女だ。勝手すぎる。僕はサブリナに情が湧いていたんだ！　あんなに僕の思い通りに動く女性はいなかったのに！」

「離婚の成立はわたしのせいではないでしょう？　それに、浮気が発覚したのもリファルドさまのせいじゃないの。わたしに文句を言わないでちょうだい」

まさにその通りだったので、僕が何も言えずにいると、ベルは笑う。

「浮気なんてしなければ、こんなことにならなかったのにね」

「違う。バレなければ良かったんだ。くそ。君なんかと浮気するんじゃなかった」

「何よ、失礼ね。あの女の代わりならわたしがなってみせるわ！　だから、もう、屋敷に帰ってのんびりしましょうよ」

ベルが僕の腕を掴んで言った。

「どうして君はそんなに危機感がないんだ？　そんなことをしたら、浮気をしていたのが僕だとばれてしまうじゃないか！」

「もうばれているわよ！　だから、あなたを頼っているんでしょう！　それにわたしたちの愛は純愛だったといえばいいじゃない。妻がいても、他の女性を好きになることだってあるんだから！」

ベルは鼻で笑ってから続ける。

「サブリナなんかよりも、わたしのほうが素敵なんだから、みんな、納得してくれるわよ」

「簡単に言ってくれるが、君はサブリナのように従順な女性になれるのか？」

「なるわ！　なってみせるわよ！」

「僕に言い返している時点で期待できない」

僕が首を横に振ると、ベルは必死になって訴える。

「まだ、なろうとしているところだからよ！　なってあげるから見ていなさい」

ベルがサブリナのようになるだって？　この性格でよく言えたものだ。

「それなら、僕のやろうとしていることを邪魔するな。サブリナはこんなことで文句を言わなかったよ」

「文句じゃないわ！　あなたのためを思って言っているのよ！」

「僕のため？　違うだろ。君自身のためだ」

「たとえそうだったとしても、わたしの幸せはあなたの幸せにも繋がるわ！」

役所の出入り口で喧嘩をしていたからか、多くの人の視線が集まっていることに気づいた僕は、彼女の言う通り、屋敷に戻ることにした。

サブリナがどこにいるかは分かっているから、迎えに行くための準備を整えなければならない。それに、離婚を認めたのは母上だろうから、どうしてそんなことをしたのか確認しなければ。

馬車を停めている場所に向かっている途中で、見知った顔に出会ったので声をかけようとすると、なぜか、背を向けて元来た道に戻っていく。

どういうことだ。僕に気づかなかったんだろうか。ひとり目はそう思ったが、ふたり目に声をかけようとした時、その人物が急ぎ足で近づいてきて小声で言う。

「今、君と仲良くしているところを見られたい奴なんていないよ。悪いけど、話しかけないでくれないか」

そう言った男は、逃げるように僕から離れていく。

「そんな……、おかしいだろう。僕は離婚されたんだぞ⁉　可哀想だと思わないのか⁉」

逃げる男の背中に向かって叫ぶと、彼は振り返ることもせずに答える。

「離婚されておかしくないようなことをしたんだから当たり前だろう！　君は多くの女性の憧れの的だったが、今ではただの浮気男扱いだ。どうしてそんな風に被害者ぶれるんだよ」

「う、浮気なんて僕はしていない！」

「馬鹿なことを言うな。もう諦めて認めるんだ。そちらのお嬢さんと仲良くやればいいだろう！」

「ち、違う。誤解だ。彼女はそんな対象じゃない！　僕は離婚するつもりはなかったんだよ！」

訴えたけれど、言葉を返してももらえず、男は役所の中に入っていってしまった。

信じられない。どうして、こんなことになるんだよ⁉

「アキーム様はわたしに自分のことしか考えていないとおっしゃいましたけど、それはあなたも同じよね？」

笑みを浮かべたベルはそう言うと、僕の腕に頬を寄せた。

＊＊＊＊＊

　お父様が管理する領地が増えたと知らされたのは、お父様たちが尻尾を巻いて帰った数日後のこと。

　それを教えてくれたのは伯父様だった。

「どうして、お父様の領地が増えるんですか？　何も褒められるようなことはしていませんよね？」

「普通はサブリナが思ったようにご褒美だと思うだろうが、そうではないんだ。愚弟は何も考えずに領地が増える話を受けたらしいが、その土地はみんなが管理を嫌がるような土地だよ。私だったら、その話を受けないね」

「どんなところなのでしょうか」

　伯父様から詳しく話を聞いたところ、その土地は多くの貴族が管理を放棄した土地で、治安がとても悪い上に、作物が育ちにくい場所だった。

　エストルン王国は領地の広さによって貴族に課される税金の額が変わる。だから、お父様が支払う税金が莫大に増えたのだ。しかも、治安が悪く、その場所を管理しようとした貴族が何人か不審な死を遂げている。

　明らかに他殺なのに、証拠がなくて捕まえられない。それだけ、悪がはびこっている場所だ。

普通の人がその状態なら、気の毒に思うかもしれない。でも、お父様の場合はそんな気持ちにならないのはなぜなんだろう。薄情な娘だと言われるかもしれないけど、お父様がどうなろうが別にかまわないと思ってしまう。

殺されてもいいとは思っていない。というか、そんなことを考えるような人間にはなりたくない。だって、私は生きている。生きているからこそ分かる感情がある。私が味わった辛い思いを、原因を作ったあの人に同じように味わってほしいだけだ。

……って、この考えでも酷いわね。

「どうして、領地が増えることになったのでしょうか」

「リファルド様が手をまわしたんだ。サブリナが心配しているという話を聞いて、前々から手配していたんだよ」

「私が心配していた？」

何のことかわからなくて聞き返すと、伯父様は苦笑する。

「父親が自分のところに来て、私たちに迷惑をかけるかもしれないと心配していたんだろう？」

「そうです」

「どうすれば、愚弟がここに来なくなるか考えてくれたんだ。仕事量が増えれば、サブリナに会いに来る暇なんてなくなるだろう」

「そうだったんですね」

私が何気なく言った言葉を、リファルド様は気にしてくれていたみたい。余計な手間をかけさせてしまったのに、私のことを考えてくれたのかと思うと嬉しくなってしまう。

リファルド様の思惑通り、仕事が増えたお父様はかなり忙しくなり、私のところへ来る余裕などなくなるでしょう。ただでさえ、私に会うために、ジーリン邸にまで足を運んだりして仕事をしていないんだから、仕事がたまっているはずだもの。

かといって、お父様は執念深いから、これで終わるかは分からない。

でも、何とかなるわよね。うじうじ考えていたって仕方がないわ！　お父様たちが仕事に追われている間に、私が移動してしまえばいいのだから。

伯父様と話し終えたあと、お礼を言うために、リファルド様の部屋に行くと、ちょうど仕事が切りのいいところだったので、話をすることになった。

お礼を述べたあと、早く仕事を見つけようと思っているということを、リファルド様に何気なく話すと、少し考えてから尋ねてくる。

「どんな仕事をしてみたいとか、希望はあるのか？」

「多くは望みません。肉体労働以外で初心者歓迎、住み込み可能だと助かりますが、なかなか見つからないですよね」

住み込み可能となると、メイドや侍女の仕事がある。でも、今の私は時の人になっているので、面白がって採用される可能性があり、興味がなくなれば解雇されてしまうかもしれない。

だから、なかなか応募する気になれなかったのだと話すと、リファルド様は思案顔になる。

「そうか。やってみる前に諦めるのもどうかと思うが、君に合う仕事がないか俺も探してみることにしよう」

「い、いいえ！　お気持ちは有り難いのですが、リファルド様にこれ以上迷惑をかけるわけにはいきません！　自分で探しますのでお気遣いなく！」

「気にするな。俺が世話を焼きたいだけだ」

興味のない人には無関心だという人からそんなことを言われると、私を特別扱いしてくれているのかと勘違いしそうになる。

リファルド様は、ゼノンと私が親戚だから面倒を見てくれているだけ。私だからというわけじゃない。このことを忘れちゃ駄目ね。

両手で両頬を軽く叩いたからか、リファルド様が不思議そうな顔になった。

「いきなりどうした」

「自分を戒めていました」

「何か悪いことでも考えたのか？」

「悪いことではないですが、自意識過剰になってしまったといいますか」

「君は自己肯定感が低すぎるから、たまには自意識過剰になってもいいと思うが」

リファルド様は苦笑してから、少しだけ首を傾ける。

「で、何を考えていたんだ？」

「秘密です」

即答すると、リファルド様は気分を害する様子もなく、なぜか優しい笑みを見せてくれた。

＊＊＊＊＊

仕事について話をした二日後、リファルド様から簡単な経歴書を書いてくれと言われた。就職する際に必要なもののため、職務経歴書はすでに作っていたので、それを渡した三日後、リファルド様が私の部屋にやってきた。

「君を雇いたいと言っている人がいる。これが仕事内容だ。気に入ったのなら声をかけてくれ。先方に話をしよう」

私は受け取った書類をその場で目を通した。すると、仕事内容も待遇も好条件だった。

「雇っていただけるのであれば、ぜひ、こちらで働きたいです！」

「即断してしまってもいいのか？　一晩、考えてもかまわないんだぞ」

「これ以上にいい条件の職場が、この先見つかるとは思えませんので！」

リファルド様が紹介してくれた職場は、他国で、ゼノンが働いている国だった。

「この国は、ゼノンが働いている国ですよね」

「ああ。この国なら、父親も追いかけてこられないだろうし、君もゼノンがいるから心細くはないだろう」

リファルド様の言う通り、他国までは、お父様もさすがに追いかけてはこれないはず。

税金を納めるためにはお金がいる。増えた領地の税金を支払うためのお金を工面するためには、他国に行く旅費なんてない。居場所を知らせる気はないし、私が会いに行かない限りは、もう二度と会うことはないでしょう。

伯父様たちと会えなくなるのは寂しいけど、私が幸せになるためには両親との縁切りが必要だ。私が離婚してから跡取り問題でも揉めているみたいだから、エイトン子爵家は没落する可能性が高いわね。

お父様みたいな人を跡取りにしたから潰れてしまうんだわ。

リファルド様が去っていったあと、隣国に関する本を読んでいると、メイドが部屋にやってきた。

「サブリナ様、また、オルドリン伯爵からプレゼントが届きましたので返しておきました」

「ありがとう。いつも、ごめんなさい」

頭を下げると、メイドは「それも仕事でございます」と言って微笑んだ。普通ならばやらなくてもいい仕事をしてもらっているんだから、お言葉に甘えているわけにもいかないわ。

そう思っていたところに伯父様がやってきた。

「オルドリン伯爵が自分の姉と一緒に訪ねてきている」

「……とうとう押しかけてきたんですね」

ため息を吐いた時、屋敷の外から声が聞こえてきた。

「サブリナ！　本当に悪かったよ！　反省しているんだ！　とにかく話を聞いてほしい！　このとおりだ！」

最悪だわ。

私が彼と会わないと分かっているから、その場で叫ぶことにしたみたいね。本当に迷惑！

「何の騒ぎなんだ」

どうしようか迷っていると、リファルド様が眉間に皺を寄せて、私のところへやってきた。

「お騒がせしてしまい申し訳ございません」

伯父様が謝ると、リファルド様が尋ねる。

「あなたを責めているわけじゃない。それよりも、俺の出番がきたのか？」

「出番といいますか、来るかもしれないと予想していた人物が現れました」

「面倒だが、仕方がないな。相手をしてくるか」

面倒だと言いながらも、口元には笑みが浮かんでいるので、絶対にそう思っていないわね。

オルドリン伯爵にはもう二度と会いたくないけれど、リファルド様に任せておくだけというのも違う気がする。

私はもう、あなたが望んでいる私ではないということを伝えてみよう。

そう思って、伯父様とリファルド様のあとを追いかけると、リファルド様だけ不思議そうな顔をして立ち止まった。

「どうした。君も行くのか」

「はい。私とオルドリン伯爵の問題ですから、リファルド様にお願いするだけでは申し訳ないです。それに、自分の口からしっかり伝えたほうがいいかと思ったんです」

「まあ、そうだな。ふたりで会うことは絶対に駄目だが、俺がいるからいいだろう。どうしても話を聞かない場合は、一発くらい殴ってもいいと思うぞ」

「話が通じない場合や、自分以外の誰かが侮辱されて腹が立った時はつい手が出てしまうかもしれませんが、暴力は良くない行為です」

「それは分かっているが、話し合いだけでは、君の話が通じる相手だと思えなくてな」

「それはそうかもしれませんけど……」

公爵令息だからといって何をやってもいいわけじゃないと理解している人だから、暴力をふるうことを推奨しているわけではないと分かっている。でも、どうしてそんなことを思うくらいに、私の面倒をみてくださるのかしら。

うぬぼれてはいけないと分かっているから、傷つかないうちに確認しておこう。オルドリン伯爵は勝手にやってきたのだから、少しくらい待たせてもいいでしょう。

「あの、リファルド様」

「話があるようだし、オルドリン伯爵には、少し待つように伝えてくるよ」

「伯父様、ありがとうございます」

私がリファルド様の名を呼んだだけで、話があると察してくださった伯父様に感謝を述べると、伯父様は笑顔で手を上げて歩き出した。その背中を見送ってから、リファルド様に尋ねる。

「リファルド様、こんな時になんなのですが、お聞きしてもいいですか」

「どうした」

「どうしてここまで、私のことを気遣ってくださるのですか？」

予想外の質問だったのか、リファルド様はきょとんとした顔になる。その表情にいつもとのギャップを感じて、可愛いなんて失礼なことを思ってしまった。

そんな私の気持ちに気づく様子もなく、リファルド様は少し考えてから口を開く。

「……そうだな。最初はオルドリン伯爵とラファイ伯爵令嬢の関係を知ったからだが、ゼノンにうるさく言われたのが一番の理由かもしれない」

「……ゼノンはなんと言っていたんでしょうか」

「目の前の人を助けられないのに、公爵が務まるのかと言われた。別になれんことはないと思うが、まあ、そうだなと納得した」

眉根を寄せるリファルド様に苦笑して頷く。

「そうですね。なれないことはないと思います。それにしても、私は本当に運が良かったのですね」

「君がオルドリン伯爵の言いなりのままなら放置していただろう。だから、運が良かったというよりも君が自分で道を切り開いたんだと思う」

自分で道を切り開いたというのは、私が冷静になれたことを言っているのよね。

「……私が冷静になれていなかったら助けなかったということですか」

「冷たい言い方をしてしまうが、そういうことだ。恋は盲目と言うからな。オルドリン伯爵に夢中になっている時に、俺が正論でどうにかしようとしても、その時の君にとっては余計なお世話だろう」

「ゼノンも同じようなことを言っていました。逆に、自分たちを遠ざけるだろうと」

「そういうことだ。君の母親がいい例だよな」

「そうですね。お母様の姿を見ていたから気づけたのかもしれません」

「君がエイトン子爵夫人のようにならなくて良かった」

「どういうことでしょうか」

「過去にとらわれず、前向きに生きていける人で良かったということだ」

そう言ってもらえたことが嬉しくて聞いてみる。

「……リファルド様の目から、わたしはそんな人間に見えていますか？」

「見えているから、俺はここにいる」

リファルド様に見つめられて、胸が高鳴るのを感じた。

これくらいでときめいてしまうから、オルドリン伯爵みたいな変な人に捕まってしまうんだわ！　男性に免疫がないのにも程があるわね。

「ありがとうございました。では、行きましょうか」

きっと赤くなっている頬を見られたくなくて、リファルド様の返事を待たずに歩き出した。

エントランスに向かっている途中で、戻ってきた伯父様から、オルドリン伯爵をエントランスホールで待たせていると教えてもらった。リファルド様とふたりで向かうと、執事と一緒に立っているオルドリン伯爵の姿が見えた。

彼の姉のトノアーニ様の姿は見えないから、外で待っているのかもしれない。

久しぶりに見るオルドリン伯爵は、以前と比べて顔色も悪いし、かなり痩せたように見える。着ている服も薄汚れているし、身だしなみに気を遣う余裕もないみたいだった。

「サブリナ！　ああ、会えてよかった！」

私の姿を見つけたオルドリン伯爵は、暗い表情を笑顔に変えると、私に駆け寄ろうとした。

でも、私の隣にいるリファルド様に気がついて足を止める。

「ど、どうしてワイズ公爵令息がここにいらっしゃるんですか」

「ここの嫡男とは腐れ縁なんだ。本人はいないが無理を言って、ここに滞在させてもらっている」

「ど、どうして滞在する必要があるのです？」

「俺がその質問に答える筋合いもないが、まあ、答えてやる」

リファルド様は一度言葉を区切ってから、話を続ける。

「サブリナには元婚約者の件で迷惑をかけた。だから、彼女のために色々と動こうと思ったんだ」

「サブリナのために？」

「ああ。君のような人間から守らないといけないだろう？」

今までは、サブリナ嬢と呼んでくれていたのに、嬢を付けなくなったことで、親密な関係を思わせる気がして、こんな時なのにドキドキしてしまう。

「そ、それだけのことで、わざわざ人の家に滞在するんですか！」

「理由がさっき言っただけの理由なら、そう思われても仕方がない。でも、サブリナとは今のところはいい友人なだけだが、これからどうなるかは分からない。そのこともあって一緒にいる」

「「えっ!?」」

リファルド様の発言に、私まで驚いて声をあげた。

オルドリン伯爵の前でだから、そんなことを言っているの？　それとも、本当にそう思ってくれているの？

リファルド様は、困惑している私と目が合うとにやりと笑う。

「迷惑だったか」

「め、迷惑ではありませんが、人をからかうような言い方をするのはやめてください！」

「別にからかったわけではない。事実を述べたまでだ。俺が誰を好きになろうが、オルドリン伯爵のように迷惑をかけなければいいだろう」

オルドリン伯爵の前だから、親密に見せているのだと分かっているのに照れてしまう自分が嫌になる。リファルド様は私のことなんて意識していないのに！

「どういうことだ、サブリナ！　君はワイズ公爵令息とどんな関係なんだ⁉」

オルドリン伯爵にどうこう言われたくないけれど、質問には答えておく。

「以前にお話ししたことがあるとは思うのですが、お忘れのようですので説明しておきますね。ジーリン伯爵は私の伯父です。ということは、ゼノンは私の従兄にあたります。ゼノンとリファルド様はとても仲が良く、ゼノンがリファルド様に私を紹介してくれたのです」

「だ、だからって仲良くするのはおかしいだろう！　いや、まあいい。そのことを責めたりしない！　だから、サブリナ、僕とやり直そう！」

どうしてそんなことを言えるのか、理解ができないわ。

これ見よがしにため息を吐いてから尋ねる。

「オルドリン伯爵は私のことをどう思っていたのですか？」

「……どう思っていたというのはどういうことかな」

オルドリン伯爵は不思議そうな顔をして聞き返してきた。

「私の人生を自分のものだと思っていませんでしたか？」

「それはそうだろう！　だって、君は僕の妻なんだ！　夫の言うことを何でも聞くのが妻の役目だろう！」

オルドリン伯爵の発言を聞いた、リファルド様の眉間の皺が深くなったのが分かった。

でも、口を出そうとしないのは、ラファイ伯爵令嬢の時と同じで私が話し終わるのを待ってくれているのだと思う。

「オルドリン伯爵。では、私はあなたの妻としては失格です。離婚して正解でした」

「何を言っているんだよ、サブリナ。僕の妻は君しかいないんだ！」

「いいえ。あなたには他に似合う方がいらっしゃるはずです。それに私はもう、あなたの言うことを聞いて生きていくのは嫌なんです。私の人生を私がどう生きるかは自分自身で決めたいんです！」

「そ、そんな……！」

オルドリン伯爵は泣きそうな顔になって私を見つめた。そんな彼を睨みつけて叫ぶ。

「もう二度と私に近づこうとしないでください！」

「嫌だよ、サブリナ！　頼むよ！　再婚してくれ！　もう、浮気はしない！　いや、元々は浮気なんかじゃないんだ！」

「浮気なんかじゃないって、何を言っているんですか！　あなたのしたことは浮気です！　そんな人と再婚だなんてありえません！」

「僕は君が待ってくれている家に帰りたいんだよ！　君が戻ってきてくれないなら、僕は何をするか分からないぞ」

泣き落としでは無理だと分かったのか、オルドリン伯爵は戦略を変えて、私を脅すことにしたようだった。

信じられない。この人にはプライドというものがないのかしら。

「俺の前で脅迫とはいい度胸だ」

リファルド様が鼻で笑ったことで、私も冷静になる。

「オルドリン伯爵」

「……何かな」

「脅迫めいたお話をされるのでしたら、それこそ、接近禁止命令を出してもらいますよ」

「そんな！　大袈裟だ！」

オルドリン伯爵は情けない声をあげた。一瞬、呆れて何も言えなくなってしまったけど、すぐに我に返って言い返す。

「大袈裟なんかじゃありません！　私にとって今のあなたは迷惑な人でしかないんです！」

「僕は元夫なんだぞ⁉」

「元夫ならなおさらじゃないですか！　何をするか分からないと脅すような人を迷惑だと思わない人なんていないんですか⁉」

「お、脅しなんかじゃない！」

「では、何なのですか？」

睨みつけながら尋ねると、オルドリン伯爵は自分の胸に手を当てて訴える。

「君と再婚できなければ、僕は自分を傷つけるかもしれない」

情に訴えられても困るわ。それで再婚したら、今度は私が傷つけられるだけじゃないの。この人の幸せにために、どうして私が自分の人生を犠牲にしなくちゃならないの。

「……そんなことを言われても困ります。自分で自分を傷つけないようにするくらいできるでしょう」

「自分では感情が制御できないから言っているんだ。傷つけないようにするには、君が戻って来るしかないんだよ！」

「私の人生は私のものです。あなたのために自分の人生を犠牲にしたくありません！　分かってくれるまで何度も言わせてもらいますが、あなたと再婚なんて絶対に嫌です！」

声を荒らげた時、リファルド様が少し心配そうな顔で私を見つめていることに気がついた。

このままではいけないと、気分を落ち着けようとしていると、リファルド様が挙手する。

「口を挟んでもいいか」

「ど、どうぞ」

オルドリン伯爵は困惑した様子で頷いた。

「感謝する」

リファルド様は礼を言ってから続ける。

「では、オルドリン伯爵が自分自身を傷つけなくて済むように、俺が動けなくさせてやるというのはどうだろうか。……いや、俺が手を出す必要はないか。手足を縛っておけばいいだけか」

「な、なんてことをおっしゃるのですか！　やめてください！」

「遠慮しなくていい。そうだ。ちょうど、戦地に赴かなければならなくなって、剣を新調したんだ。試し斬りさせてくれないか」

「ひっ！」

オルドリン伯爵は悲鳴をあげると、涙目になった目を、私に向けて言う。

「きょ、今日は帰ることにするよ。また、改めて話をしよう」

「俺はそんなに長くここにはいないんだ。話したいことがあるのなら、今すぐ話せ」

「ワイズ公爵令息に言ったのではありません！　サブリナに言ったんです！」

リファルド様が反応すると、オルドリン伯爵は情けない声でそう叫び、転びそうになりながら屋敷内から出ていった。

　オルドリン伯爵が出ていき、静かになったエントランスホールで、私はリファルド様に話しかける。

「……さっきのお話は本気じゃないですよね」

「何の話だ？」

「試し斬りの件です」

「本気ではなかったが、試し斬りしたいのは本音だ。だが、人を斬っていいものではないことくらい分かっている」

「それなら良かったです」

　笑って頷くと、リファルド様は不満げな顔になる。

「公爵令息だからって何をしてもいいわけじゃない。向こうが脅してきたんで、同じように脅しただけだ。誤解しないでくれ」

「誤解はしておりません。でも、勉強になります」

「俺を手本にするなよ」

　リファルド様が少し焦った顔になったので、こんな表情も見せてくれるようになったのだなと、心が温かくなった。

「リファルド様のいいところだけ真似しようと思います」

「君の言う、俺のいいところというのが、どんなものか分からないだけに不安だな」

「面倒見のいいところ、とかでしょうか」

「誰にでもそうだというわけじゃない。君だからだ」

ああ、そんなことを言われたら、本当に勘違いしてしまいそうになるからやめてほしい。

「リファルド様には本当に感謝しています。……ところで、戦地に向かう予定があるのですか」

試し斬りの時に出た話が気になって尋ねてみた。

「ああ。父上がご立腹でな」

「……どういうことでしょう」

「婚約者に浮気されるとはどういうことかと叱られたんだ。まあ、言われてもしょうがないと思っている。分かっていて放置していたからな」

「それを言われると、私もですね」

「君と俺の立場は違う。君は別に悪くない」

「ありがとうございます。では、その罰といった形で戦地に送られるのですか？」

「そういうことだ。誰も行きたがらないらしい」

戦地に赴くなんて、貴族の多くは行きたがらないでしょうね。

「……あの、リファルド様が行かれるのは危険な場所なんですか？」

「まあな。でも、戦いに行くわけじゃないから何とかなるだろう」

エストルン王国は、今はどこの国とも戦争をしていない。だから、仲介役として行くのだと思う。でも、安心はできない。

「差し支えなければ、どこの国に行かれるのか聞いてもいいですか」

「ああ。ロシノアール王国を拠点として動く。戦地は別だがな」

「ロシノアール王国と言いますと、私が行く土地ですわね」

ロシノアール王国は、一部の貴族が魔法を使えるという世界的に珍しい国だ。魔法を使える人がいるからなのかは分からないが、治安も良く、王都は特に栄えていると聞いている。

「ああ。君の就職先はちゃんとしているから安心しろ」

「リファルド様のことを信用していますから、心配していません。リファルド様のことのほうが気になって聞いているんです」

「そうか」

リファルド様は優しい笑みを見せてくれたあと、話をしてくれる。

「ロシノアール王国の公爵家で俺は世話になる予定だ。ちなみに君の同僚になる人は、その公爵令息の婚約者だ」

「私の同僚は公爵家の婚約者の方なんですか？」

ゼノンだけじゃなく、リファルド様も近くにいてくれるのは嬉しい。でも、公爵令息の婚約者と同じ仕事が私にできるか急に不安になった。

「ほ、本当に私にできる仕事なんですよね⁉」

「もちろんだ。どうした、急に不安になったのか？」

「い、いえ、大丈夫です」

せっかく、紹介してもらったんだもの。やる前から弱気になっていては駄目よね。

もう、ここに用事もないので移動しようとした時、勢いよく扉が開いた。ドアマンが開けたのかと思ったらトノアーニ様で、中には入ってこないが、私と目が合うと睨みつけてきた。

「ちょっと！　アキームの何がいけないって言うの⁉　あんなに素敵なのだから浮気してもおかしくないわ！　それに彼が浮気をしたのは、あなたが原因なんじゃないの！」

トノアーニ様はよっぽど腹を立てているのか、私の隣にいるリファルド様のことなど見えていないかのように叫んだ。

「私が原因というのはどういうことですか？」

「アキームがあなたに手を出したいと思うような色気がないから悪いのよ！　あなたがアキームを満足させられるような女だったら良かっただけなのに、どうして、浮気したほうだけが悪くなるのよ！　浮気させた人間の責任だってあるでしょう！」

「……えっと、トノアーニ様」

言っている内容については、私のことはまだいいとしても、その言い分だと……。

「何よ⁉」

「浮気された側が悪いというのなら、あなたは俺への批判もしているということだな」

「えっ！」

トノアーニ様はリファルド様も浮気された側であることを思い出したのか「し、失礼いたします」と言って、何事もなかったかのように、そっと扉を閉めた。

それで終われるわけがないでしょう！

「トノアーニ様！」

私が名を呼ぶと同時に、リファルド様が歩き出して扉を開けた。

「待て。俺が納得できるまで説明してくれ」

「ひっ！」

トノアーニ様の悲鳴が聞こえてきたけれど、リファルド様の体でトノアーニ様の姿が見えないから、どんな状況かが分からない。近づこうとすると、リファルド様がこちらを振り返る。

「サブリナ、俺は彼女と話をしているから君は部屋に戻ってもいいぞ」

「いいえ、私も話を聞きます！」

「心配するな。暴力はふるわない。さっきも言ったが、俺は公爵令息だ。暴力をふるえば、たとえ向こうが悪くても後々、問題になることは承知している。それにどんな理由があっても暴力は駄目だ。正当防衛なら別だがな」

「それは信じています。ですが、先程も言いましたが」

「君の問題でもあるから、人任せにできないと言いたいんだな」

「はい」

大きく頷くと、リファルド様は「分かった」と言ってくれた。

トノアーニ様から詳しく話を聞くことになり、外で待っていたオルドリン伯爵はトノアーニ様を置いて無理やり帰らせた。

そして、トノアーニ様はリファルド様の護衛騎士に捕まえられ、応接室へと連れていかれた。

トノアーニ様は、予想もしていなかったことが起きているからか、かなり怯えた様子で促されたソファに座る。リファルド様がその向かい側に座り、私はその隣に座らせてもらった。

「浮気された側にも原因があるという意見があるのは分かった。だが、どうして、浮気を許すような発言をしたんだ？　そんなに不満なら、婚約の解消を申し出ればいいだけじゃないか。サブリナの場合だと離婚を言い出せばいい。裏切り行為をするよりかはいいだろう」

「申し訳ございません！　わたしが間違っておりました！」

リファルド様の殺意に怯えきったトノアーニ様は、自分の主張を口にすることはなく、自分が悪いのだと平謝りを始めた。リファルド様が誰かを殺めたなんて話は聞いたことがないけど、圧がすごいから、殺されると思ったみたいだ。

私も最初はリファルド様のことが怖かったから、そうなってしまう気持ちは分からないでもない。トノアーニ様は私にも何度も謝罪する。

「サブリナさん、今まで本当に申し訳ございませんでした！　わたしは間違ったことをしておりました！」

「許しはしませんけど、反省してくれたことは良かったです」

私が言うと、リファルド様は「そうだ。納得するまで許す必要はない」と言ってから、改めて、トノアーニ様の浮気された側が悪い発言をまた問い詰め始めた。それは感情的にものを言ってはいけないと再認識した瞬間だった。リファルド様の尋問は数時間続き、トノアーニ様が泣き出したところで終わった。

女性を泣かせるのは、紳士として良くない行為だということと、リファルド様は男女問わず、人の泣き顔を見るのは好きではないらしい。

といっても、嬉し涙や悔し涙、誰かのためを思って泣くことはいいことだと言っていた。トノアーニ様の場合は、怒られて泣いているから嫌らしい。泣くくらいなら人を不快にさせる原因を作るなと言いたいみたいだ。

今回の場合は、リファルド様自身はまったく悲しんでいないから、言葉の暴力になってしまったのかもしれないと反省していた。トノアーニ様は嘘泣きではなく、本当に反省しているようだし、リファルド様は許すことに決めた。相手にしている時間がもったいないというのが本音かもしれないけど。

人の気持ちを考えられない人は、人が不快に感じる言葉を口にしたり、そのような行動をしたりする。そして、それを悪いとは思わない。

トノアーニ様の浮気されるほうが悪いという発言や、私が嫌がらせをされていたことの場合ならば言い返せないほうが悪いというやつだ。そういうことを言う人は、言われた側の気持ちなんて考えない。もしくは、わざと悲しませるために口にしている。

そんな人のために傷つきたくなんかないし、今となっては傷つくこともない。だって、私と考え方が違うのだから、無理に合わせる必要はないもの。

私は自分のことを好きになれるように生きていきたい。

泣いているトノアーニ様を見て思った。

＊＊＊＊＊

その日を皮切りに、リファルド様のおかげで、オルドリン伯爵は手紙もプレゼントも贈ってこなくなった。ホッとしたのも束の間、ロシノアール王国に旅立つ日が近づいてきたため、そちらの準備で忙しくなった。

旅立ちを明日に迎えた日の昼、ワイズ公爵邸に戻っていたリファルド様が会いに来てくれたので、応接室で話をすることになった。

「オルドリン伯爵だが、君との再婚をまだ諦めていないようだ」

「そうなんですか？」

「ああ。オルドリン伯爵邸に内偵を入れているから間違いない」

「大人しくなったので諦めてくれたと思ったのですが、それほどまでに私に執着するということはラファイ伯爵令嬢と上手くいっていないのでしょうか」

聞いてみると、リファルド様は難しい顔をして頷く。

「そうみたいだ。彼は昔の君のような従順な女性が好みなのだと気づいたらしいぞ」

「もう、私は彼の望むような従順な女性ではないので、私のことなど忘れてほしいものです」

「先日の君の発言は、俺に言わされたのだと思い込んでいるようだ。俺を貶めたいようで、オルドリン伯爵領の領民の間では、俺が君を奪ったという話が流れている」

「その噂はオルドリン伯爵が流したのでしょうか」

「本人は否定しているが、そうだろう」

私のせいで本当に申し訳ない。

このままでは、これからのリファルド様の縁談がまとまらないかもしれない。縁談という言葉に、胸がちくりとした気がするけれど、なかったことにする。

私は座っていたソファから立ち上がって、頭を下げる。

「ご迷惑をおかけして誠に申し訳ございません」

「気にするな。俺が好きでやったことだ。それにワイズ公爵領の人間は、その噂を信じていない」

「それなら、良かったです」

「大変なのは君だ。君の両親は縁を切って、君を平民にさせると言っている」

「縁を切ってもらえるなら嬉しいです。でも、平民が新しい職場で働くことは可能なのでしょうか」

「そのことは心配しなくていい。自分で君の件に首を突っ込んだんだ。最後まで面倒をみる」

「……ありがとうございます。でも、私は平民です。何の繋がりもない、リファルド様にいつまでも面倒を見てもらうわけにはいきません」

　リファルド様の気持ちは有り難い。でも、婚約者でもなんでもない女性にかまい続けることは、彼にとって良くない噂が立つ可能性が高い。

　リファルド様が厳しい表情で私を見つめるので、慌てて話を続ける。

「今でさえ、十分に助けてもらっているのに、平民になった私を助け続けることが知られたら、周りが何と言うか分かりません。ですから、自分ひとりで歩いていかなければならないと思っています」

　言い切ってみたものの、仕事についてはお世話になりたいのでお願いする。

「独り立ちするには、やはり職が必要ですので、平民になっても内定している仕事は、ぜひ働かせていただきたいのですが……」

「仕事のことについて手は打ってある。その話をする前に、ひとつ聞かせてくれ」

「……なんでしょうか」

「俺がやっていることは迷惑か」

「そんなことはありません！」

「なら、どうして遠慮するんだ」

「それは、そうすることが礼儀だからです。それに、私がゼノンの親戚というだけで、ここまで色々としていただけるなんて、本当に申し訳なくて」

私の話を聞いたリファルド様はうんうんと頷くように、何度か首を縦に振って話し始める。

「君の言いたいことは分かった。でも、気にするな。俺が君に興味があるからやっているだけだ」

「……興味、ですか」

「ああ。君がこれから、どう強くなっていくのか見てみたい」

真っすぐな目で見つめられ、心臓の鼓動が早鐘を打つ。

リファルド様は、私に保護者のような感情を抱いてくれているのかもしれない。そうじゃないと、ここまでしてくれないわよね。

「言っておくが、オルドリン伯爵のように俺の思う通りに生きろなんて意味じゃない。君がどんな選択肢を選ぶのか見てみたいんだ」

「ご期待にそえるように頑張ります」

今はこんなことしか言えない。だから、口だけじゃなく、行動で示してみせるわ。

「サブリナはワイズ公爵令息に操られているんだ！」

屋敷に帰った僕は、母上にそう叫んだ。母上は、僕を憐れむように見たあと、ため息を吐いて答える。

「もう、諦めなさい、アキーム。あの女の代わりならいくらでもいるでしょう」

「サブリナのように僕に従順な女性なんていませんよ！　僕は何人も女性を相手にしてきたから分かるんです！　サブリナは他の女性とは違う！　それに、僕は僕なりにサブリナを大事にしてきたんです！」

大きな声で否定すると、母上は眉尻を下げる。

「アキーム、そんなに怒らなくてもいいじゃないの。従順な女性なんて探せば見つかるわよ」

「見つからないって言ってるじゃないですか！　僕はサブリナと離婚する気持ちなんてなかったんですよ！　それなのに、こんなことになったのは母上のせいです！」

「アキーム！　あなた、なんてことを言うの！」

母上が僕の頬を扇で叩いた。叩かれた頬を押さえながら、僕は母上を睨みつける。

「暴力をふるうだなんて、野蛮な人間のすることですよ！」

「……叩いたことについては謝るわ。でも、目を覚ましなさい、アキーム。あんな女はもういいと言っているでしょう。次のターゲットを探しましょう。それから、ラファイ伯爵令嬢をこの家に住まわせてやることも許します」

「……ふざけるな」

また、いじめのターゲットを探すつもりなんだな。もう、いい。僕は僕が決めた道を行く。誰に何を言われても、僕はサブリナを取り戻すんだ。そのためなら、どんな手だって使ってやる。

——そうだ。

サブリナの父親に改めて連絡を取ってみよう。以前、連絡した時は喜んで手を貸すと言ってくれた。今回も手伝ってくれるだろう。

そう思い、筆を執ろうと部屋に戻ろうとした時、母上に呼び止められる。

「待ちなさい、アキーム！」

「……何でしょうか。僕は忙しいんですよ」

僕は母上が大好きだった。でも、勝手なことをしてくれたせいでサブリナがいなくなったのだから、今は母上の顔を見ることも嫌だった。

「あなた、エイトン子爵と連絡を取ろうとしているの？」

「そうですが、母上には関係のないことです」

「やめておきなさい」

「どうしてそんなことを母上に言われないといけないんですか！」

「手紙を送っても無駄だからよ」

「はい？」

そんなにもエイトン子爵と連絡を取らせたくないのか？

そう思った時、母上は言った。

「彼は領地が増えて忙しいの。あなたにかまっている暇はないのよ」

「領地が増えた？」

「そうよ。しかも最悪な土地だから、管理で手一杯で、あなたの手紙なんて見る暇はないでしょう」

「そんな……」

どうして、こうも上手くいかないんだよ！

頭を抱えたくなった時、メイドが恐る恐るといった感じで近づいてきて、僕に手紙を差し出した。

「あの、エイトン子爵からの手紙が届いております」

「何だって⁉」

僕は手紙をひったくるようにしてメイドから受け取ると、急いで部屋に戻り、手紙の内容を確認した。

＊＊＊＊＊

ロシノアール王国の王都までは馬車で十日以上かかった。

気持ちの持ちようによって変わってくるとは思うけど、その時に感じた怒りや悔しさは私の中では特に残っている。この長旅が大変なことは確かだけど、学生時代にいじめられていた時の不快感に比べたらへっちゃらだ。

私がこれから住むことになる寮は王都にあると聞いている。

そこにはゼノンも住んでいるし、リファルド様がお世話になる公爵家もある。

だから、リファルド様とは私が新生活に慣れてきた頃に会う約束をした。この日と決められたわけではないけど、また会える日が来ると思うと、それだけで頑張れる気がした。

私の仕事内容は、とある偉い人のお子さんのお世話をすることだ。子供を育てたことはないけど、お子さんがもうすぐ六歳で、とても聞き分けのいい子なので、苦労することはないと言われている。しかも、今、働いている人の休みを作るための人員だから、二日働いて三日休みという環境だった。

急に体調が悪くなってしまった時も、言えば気軽に休めるのだと聞いている。

リファルド様には本当に感謝だわ。私だけならこんなにいい職場は見つけられないもの。

「これからお世話になります。サブリナと申します」

「はじめまして、ミリアーナと申します。よろしくお願いいたします！」

ロシノアール王国に着いた次の日、職場の同僚と待ち合わせた場所は、リファルド様がお世話になるという、デファン公爵家だった。私の職場はデファン公爵家になるんだろうか。

そう思っていた時、紺色の髪をシニヨンにしたミリアーナ様は私の緊張をほぐすためか、明るい笑顔で話しかけてくる。

「これからお世話する方に会いにいきましょう。最初は私も緊張しましたが、とても優しい方ですから心配しなくても大丈夫ですよ」

「頑張ります！」

リファルド様をがっかりさせないためにも頑張らないといけないわ。……と、思っていたのに、目の前にある白亜の王城を見て、気持ちが挫けそうになった。

子爵令嬢だった私にしてみれば、他国であれ、王族なんて雲の上のような存在だ。一生、関わり合いがなくてもおかしくない。

でも、駄目よ。ここで挫けたら、今までの私と変わらない。それにまだ、王家の人と会うと決まったわけじゃないわ。

気持ちを切り替えて、ミリアーナ様のあとをついて歩く。

王城についた時点でもしやとは思っていたけど、お世話をさせてもらう子供の部屋に案内された時点で確信した。可愛らしい男の子はペコリと頭を下げると、人懐っこい笑顔で話しかけてくる。

「ラシルといいます。よろしくおねがいいたします」

「サブリナと申します。ラシル様にお目にかかれて光栄です。こちらこそ、これからよろしくお願いいたします」

ここに来るまでにロシノアール王国のことを調べてきた。ラシル様というと王太子殿下の名前と同じだ。しかも、王城に部屋があるという時点で間違いはない。どうやら私は、王太子殿下のお世話をすることになったらしい。

リファルド様が「いってみてのお楽しみだ」と言って教えてくれなかったのは、相手が王太子殿下だったからなのね！

たまに意地悪になるのはやめてほしいわ。だって、王太子殿下のお世話係なんて、そう簡単になれるものじゃないんだから！

「どうかしましたか？」

私が動きを止めていたからか、ラシル様が不思議そうに、小首を傾げて私を見つめた。

まだ会ったばかりだけれど、彼から感じる癒やしのオーラに頬が緩みそうになるのを堪える。

「いえ！　あの、申し訳ございません！」

「どうしてあやまるんですか？」

「ラシル様のお顔を見つめてしまいましたので」

ロシノアール王国では、王家の方と目を合わせることは無礼だと言われている。目を合わさなければいいので見つめることはいいのだろうけれど、雇い主をまじまじと見つめるのも、あまりいい行為ではない気がした。

「みつめてくれていたんですか？　なんだかすこし、てれてしまいますね」

うふふと笑うラシル様に、胸がきゅんとなったけれど、そんなことを思っている場合ではないと頭を切り替えて、ラシル様の話に集中することにした。

＊＊＊＊＊

私がロシノアール王国に来てから、あっという間に日は過ぎた。

追いかけてくることはないと思うけれど、オルドリン伯爵や両親に捕まりたくないので、城壁の外には出ずにいた。制限はありながらも、私はそれなりに楽しい日々を過ごしている。

仕事のほうも順調だった。

ラシル様は王家の方だからなのか、私よりも大人びた考えをしている。そのためか、我儘を言うようなこともなく、どちらかというと、私が気を遣ってもらっていたりする。

仕事内容もそう難しくなく、ラシル様の日々のスケジュール調整や体調管理などで、ティータイムになると、一緒にお茶を飲んだりするので、本当にいい職場環境だと思う。

伯父様とも手紙のやり取りをしていて、オルドリン伯爵がまたやってきたと書かれていた。もう私はここにはいないと伝えて、屋敷の中を気が済むまで見せてあげると、納得して帰っていったのだそうだ。今は私の行方を捜しているらしいけど、見つからない場所にいるので安心だ。

ミリアーナ様のことをミリー様と呼ぶほど仲良くなった頃、リファルド様から久しぶりに会わないかと連絡がきた。

リファルド様とも伯父様と同じように手紙でやり取りをしていたけど、会うのは久しぶりだったので、その文面を読んだ時は胸が踊った。

私が城壁の外に出ないことを知っているから、リファルド様が足を運んでくれることになり、寮の庭にあるベンチで話すことになった。

「キールから聞いたが、銀(シルバー)トレイに興味があるらしいな」

キールというのは、リファルド様がお世話になっている公爵家の嫡男であり、ミリー様の婚約者の名前だ。

キール様とは何度もお会いしているけれど、直接その話をしたことはないので、ミリー様から話を聞いたのかもしれない。

「はい。ここ最近、世界中で人気らしいんです」

貴族の家庭で使用人が物を運ぶ時に使う銀トレイが貴族の女性の間で流行っているらしい。暴力をふるわれそうになった時に、銀トレイで攻撃を防ぐこともできるし、反撃も可能だ。銀トレイはミリー様から薦められたのだが値段がお高めなので、これからの生活のことを考えると買うことができない。どんなものか見てみたいと言うと、ミリー様は自分の持っているものを見せてくれた。人気で手に入りにくいものだというから、何か変わったところがあるのかと思ったけれど、見た目は、メイドたちが物を運ぶ時に使うような、普通の丸い銀トレイだった。

「オルドリン伯爵の動きが怪しいから、君に渡しておく」

リファルド様はそう言うと、後ろに控えていた側近から、私が抱えられるくらいの大きさの丸い銀トレイを受け取ると、私に差し出してきた。

「いただいてもいいのですか⁉」

「ああ。君がほしがっていると聞いたから取り寄せたんだ」

「お気持ちは嬉しいのですが、お高いものだと聞いています！」

「公爵家の人間に値段の話をするか？」

「そ、そうですね。リファルド様が買えないものでしたら、他の貴族もほとんどの人が買えませんよね」

頷いてから、銀トレイを受け取って、手触りなどを確かめてみる。

金属の触り心地で、普通のものと何が違うか分からないわ。でも、ミリー様のものもこんな感じだったし、リファルド様が偽物を持ってくるわけないものね。

「使う時がこないほうがいいんだろうが、念のためだ」

「嬉しいです！　ありがとうございます！」

公爵令息にお金のことを気にするのは、逆に失礼に当たる。ここは有り難く受けとることに決めた。

銀トレイを抱きしめて言うと、リファルド様は優しく微笑んでくれた。

＊＊＊＊＊

銀トレイには取り扱い説明書が付いていたけれど、そう詳しいことが書かれているわけではなかった。

対象年齢は十五歳以上であることと、自分を守るために使うものであり、誰かを傷つけるためには使わないことが強調されていた。

護身目的で売られているのに、人を攻撃するために使われたことがあったんでしょうね。

ミリー様も寮生活なので、仕事が終わったあとに夕食をともにすることが多い。すでに銀トレイを使ったことのあるミリー様に体験談を聞いてみることにした。

「リファルド様から銀トレイをいただいたんですが、銀トレイはどういった時に使うものなんでしょうか」

「そうなんですね！」

ミリー様は手を叩いて喜んでくれたあとに、話を続ける。

「私の場合は話が通じない相手に使っていますね。あ、自分から先に手を出してはいけませんよ。向こうから手を出してこようとしたり、手を出してきた時に使うようにしてくださいね。先に手を出すと、相手と同じレベルになりますから。それに世間はどんな理由があろうとも暴力をふるったほうが悪いと言います。たとえ、先に言葉の暴力を受けたとしても駄目です」

「分かりました。使う機会がないことが一番いいのでしょうけど、その時が来れば使ってみます」

「それにしても、リファルド様はどうしてそこまでサブリナ様の世話を焼くのでしょうね」

不思議そうにするミリー様に苦笑して答える。

「強くなる私を見たいからと教えてもらったんですが、今思うと、それとは違うのかなって」

「どういうことですか？」

「……いじめられていた記憶って、吹っ切れたようで、なかなか忘れられないものなんですよ。リファルド様はそれを分かってくださっているから、私が良くない道を選ぶのではないかと心配してくれているのかなと思っています」

良くない道というのは、罪を犯すこともそうだけど、この世からいなくなりたいと考えるのではないかと心配してくれているんでしょうね。

「体の傷も残るものはありますが、言葉の暴力は心の傷ですから、本人がどう気持ちを切りかえられるかですものね。心の綺麗な人ほど、自分を責めてしまいますし」

ミリー様は頷いてから続ける。

「実際、いじめる側の人たちは、たとえサブリナ様が死を選んでも、『そんな気はなかった』で終わります。気にしているだけ無駄ですよ。仲良くしたいと思ってくれる人と仲良くしたらいいと思います」

「ありがとうございます。そうすることにします」

今まで、同年代の人と、こんな風に真面目な話をすることはなかった。

友達ってこういうものなんだろうか。

そう思った時、勝手に友達だと思ってしまってもいいのか気になった。すると、ミリー様が笑顔で話しかけてくる。

「サブリナさん、これからも私と仲良くしてくれると嬉しいです。私は友達がほしいと思っているんですけど、残念ながらお友達がいないんです」

ミリー様にお友達がいないなんて考えたことがなかった。初めて会った時から、とても優しいし、ラシル様にも慕われているし、城で働いている人たちとの関係も良好そうにしか見えない婚約者のキール様がミリー様を溺愛していることもあって、皆に愛されてきた人なのだと思い込んでいた。

「あの、私も文通友達しかいませんので、ぜひ、よろしくお願いいたします！」

「こちらこそ、よろしくお願いいたします」

ミリー様と私はお互いに頭を下げた。

＊＊＊＊＊

次の日から、早速、銀トレイの扱いに慣れるための練習を始めることにした。一時期は銀トレイで素振りをしていたとミリー様から教えてもらったので、私も毎日、やってみることに決めたのだ。

ミリー様が素振りをしていた理由は、付きまとってきた相手を撃退するためらしい。

リファルド様からもらった銀トレイは胸に抱えられるくらいの大きさだが、思ったよりも重く、実家で持たせてもらったことのある小さなフライパンくらいの重さだった。運動をするようになったからか、ここ最近は顔色も良くなってきたし、自分が生きているのだと感じられる気がした。

なぜ私が銀トレイを扱う練習を始めたかというと、リファルド様に会った時に、両親のことを教えてもらったからだ。

どういう理由かは分からないが、お父様がお母様と離婚すると言い出したらしい。

領地の管理が自分ではできないから、子爵の座を放棄したくなったのだ。現在、お母様は泣き縋って引き止めていると教えてもらった。

何度も思うけど、あんな人のどこがいいのか、私にはさっぱり分からない。でも、私があの人の血を引いていることは確かだ。どす黒い感情が、どうしても湧き上がるのは、そのせいなんだろうか。

駄目だわ。こういうのは良くない。幸せなことを考えなくちゃ。

嫌な思いのまま眠りにつきたくなかったので、ミリー様から貸してもらった恋愛小説の続きを読むことにした。辛いことがあっても乗り越えて、最後にヒーローと結ばれる結末を読んだ時には、とても幸せな気持ちになった。

満足して眠りについた次の日、リファルド様から手紙が届いた。

内容はお父様とお母様の離婚が成立したことと、離婚が成立した経緯が書かれていた。

離婚成立が衝撃的だったこともあるけど、その後の成立理由にも驚いた。

お父様はお母様にも暴力をふるい、無理やり離婚を認めさせたというのだ。そんな酷い目にあっても、お母様はお父様のことを好きでいるらしい。きっと、今までの私もオルドリン伯爵に対して、そんな気持ちだったんだろう。

目を覚ませて本当に良かった。

そう思った次の日に、今度は伯父様から連絡が来た。

手紙には離婚されたお母様が爵位を返上し、お父様のところへ向かったことと、お父様が私を逆恨みしていることが書かれていた。

あまりの急展開に思考が追い付かない。

この様子だと、銀トレイはオルドリン伯爵よりも、お父様に先に使うことになりそうだわ。

それはそれで迎え撃ってあげようと、寮の庭で素振りをしていると、出勤前のミリー様が声をかけてきた。

「おはようございます、サブリナ様。順調そうですね！」

「おはようございます、ミリー様。万が一、両親たちに出会うことがあっても、これで撃退しようと思って頑張っています」

「頑張ってください！」

応援してくれたミリー様が、とても嬉しそうにしているので尋ねてみる。

「何かいいことでもあったのですか？」

「そうですね。あったといえばありました」

「何があったんですか？」

尋ねると、ミリー様は苦笑して教えてくれる。

「……こんなことを言うのもなんですが、サブリナ様はここに来た時よりもかなり明るくなったでしょう？　それが嬉しくて」

私もミリー様の気持ちが嬉しくて、笑顔で答える。

「はい！　ミリー様たちのおかげで、毎日がとても楽しいんです。いつも、ありがとうございます！」

「そうなんですか？　それは良かったです！　私もサブリナ様というお友達ができて、毎日楽しいです！　こちらこそ、ありがとうございます！」

ミリー様はそう言ったあと、「では行ってきます！」と元気に出勤していった。

まさか、こんな幸せな生活が送れるようになるなんて思ってもいなかった。全ての人がうまくいくとは限らないけれど、勇気を出して踏み出せば、明るい未来を掴むことができるんだわ。

諦めないで良かった。

晴れ渡る青い空を見上げて、私は心からそう思った。

＊＊＊＊＊

お父様たちへの警戒はしつつも、順調に日々を過ごしていたある日のこと。城でメイドとして働いている女性のひとりから、私と同じ名前の女性が家出人として平民の間で捜索されているという話を聞いた。しかも、見つけた人には謝礼金を出すというのだ。

私は平民どころか、この国の貴族にもあまり知られていない。城内でのことは城外で話すことは許されていないから、見つかることはないと思うので安心だとは思う。

それにしても、そんな手配を出したのは、一体誰なのかしら。考えられるとしたら、私の両親かオルドリン伯爵だ。お母様はそんなことをする性格には思えない。でも、お父様に私を連れ戻すことができれば、再婚してもいいなどと言われていたら、必死に私を捜すかもしれない。

私にとっては面倒なことだけど、お母様の場合は、お父様と長く離れることによって冷静になることができるかもと思うのは、楽観的すぎるかしら。

でも、私だって、オルドリン伯爵が家を離れることが多かったから疑いを持つことができたのだ。少しくらい希望を持ってもいいわよね。

お母様が目を覚ましたからといって、性格が変わらない限り、面倒を見るつもりはない。お母様は誰かに依存して生きるタイプのようだから、新しいターゲットを探すだけかしら。

ラシル様が先生に勉強を教えもらっている間は部屋の隅で待機しているだけなので、色々と考えてしまっていた時、不意に声をかけられた。

「サブリナさん、べんきょうおわりました！」

気がつくと、ラシル様が褒めてと言わんばかりに目をキラキラさせて、私を見上げていた。

ラシル様は私のことを【サブリナ】と呼ぶけれど、人がいない時には【サブリナさん】と呼ぶ。

王太子が自分よりも身分の低い人間に腰が低いのは良くないが、年上の人には【さん】付けをしたり、敬語を使わなければならないというのが、ラシル様の考えだ。どうしてもと言うものだから、気の置けない人の前でだけという条件付きで国王陛下から許可されているらしい。

「失礼いたしました。考え事をしていました」

知らない内に先生も出てしまっていたので、かなり長い間、考え事をしてしまっていたらしい。そのことを謝罪すると、ラシル様はこてんと首を傾げて尋ねる。

「なやみごとですか？　ぼくになにかできることがあれば、えんりょなくいってくださいね」

「お気遣いいただきありがとうございます。どうしようもなくなった時は相談させてくださいませ」

「どうしようもなくなる、もうすこしまえでおねがいします」

ラシル様がぷくっと頬を膨らませるので、自然と笑みがこぼれる。

「承知いたしました。頼りにしております」

一礼すると、頼りにしていると言われたことが嬉しかったのか、ラシル様は「えへへ」と笑った。

　本当にラシル様の笑顔は癒やし効果でしかない。

　暗い顔をしているとラシル様を心配させてしまうので、嫌なことを考えるのは終わりにして、仕事に気持ちを切り替えた。

＊＊＊＊＊

　数日後、私を捜しているのはお母様だと、伯父様からの手紙で分かった。

　お父様に再婚条件として、私とオルドリン伯爵の再婚を求められたらしい。お父様は新たな領地の人間との折り合いが悪く逃げ回っているらしいから、お母様の存在は本当は邪魔なはずだ。それなのに、お父様がお母様を見捨てないのは、お母様になら、私が連絡するのではないかと思っているからだった。

　お母様に叱られることはあっても、暴力をふるわれたことはない。でも、お母様を見ていると、昔の私を思い出して嫌な気分になるので、会いたくないという気持ちが強い。

「サブリナさんはやさしいので、いざというときにしんぱいです。シルバートレイにまほうをふよしてもらいましょう」

　お母様が私を捜しているという話を聞いたラシル様が、ミリー様の婚約者のキール様に頼んで、銀トレイに魔法を付与してくれることになった。そして、数日後、預けていた銀トレイが返ってきたけれど、特に変わった様子はない。

「キールさんがいっていましたが、かれがかけたまほうは、そのひとのせいかくによってこうりょくがかわるそうです。ミリアーナさんのばあいは、わるいひとがふれると、やけどするときいていいます。サブリナさんのばあいは、どうなるかわかりませんから、わかったらおしえてほしいです」

「承知いたしました。それから、色々とお気遣いいただき、本当にありがとうございます」

「よろこんでもらえたならうれしいです」

ラシル様は頬をピンクに染めて微笑んだ。

返してもらった銀トレイは、魔法が付与されているからといって、目で見えるものではないみたいだ。

私が住んでいた国には魔法を使える人は誰ひとりいない。

でも、ロシノアール王国は王族や公爵家の血筋を引く人は魔法が使える。だから、魔法を付与されたと言われても、なんだかピンとこなかった。何にしても魔法の付与は大変なものだと聞くし、キール様にはお礼を言わなくちゃいけないわ。

ただでさえ戦地に行っていて忙しいのに、魔法の付与まで頼んでしまったんだもの。

感謝の気持ちで銀トレイを抱きしめて寮に帰ると、ロビーにリファルド様がいた。

どうしてここにいるの？　夢じゃないわよね？　キール様が魔法の付与をしてくれたということは、一緒にこちらに戻ってきていてもおかしくない気もするけど、今日は会う約束をしていたわけじゃなかったわよね⁉

手紙でのやり取りは頻繁にしているけれど、会うのは久しぶりだった。外出することが多くなったからか、少し日に焼けたリファルド様の姿を見て、胸の鼓動が速くなる。

「リファルド様！　ど、どうしてこちらに⁉」

駆け寄って尋ねると、リファルド様は苦笑する。

「突然悪いな。急ぎだったから連絡をせずに来てしまった」

「とんでもないことです。お待たせして申し訳ございません。あの、何かあったのですか？」

「俺が連絡もなしに来たと言っただろう。君が謝る必要はない」

「そうかもしれませんが、何かあったから、こちらにいらっしゃったのですよね」

「ああ。君の母親がロシノアール王国内で罪を犯して警察に捕まった」

「は、はい？」

リファルド様から発された言葉が信じられなくて、間抜けな声で聞き返してしまった。

「あの母親が警察に捕まるなんて信じられないよな」

「はい。あの臆病なお母様が悪いことをするなんて考えられません」

頷くと、リファルド様は苦笑する。

「君の母親は警察を使って、君を表に引きずりだそうとしているみたいだな」

「私を引きずりだそうとしている？　……意味が分かりません。ところで、母は何をしたのでしょうか」

「平民がよく通う店で食い逃げをしようとしたらしい。すぐに捕まったが、その時に自分の名前をサブリナだと名乗ったそうだ」

「調べれば、どうせすぐに嘘だと分かるのに、どうしてそんな嘘をついたのでしょうか」

「警察なら本人確認をするために、君の居場所を特定すると思ったんだろうな」

リファルド様は難しい顔をして続ける。

「警察は君と直接、コンタクトを取ろうとしていたが、君の身元保証人はワイズ家がしているから先に連絡がきた」

「迷惑をおかけしてしまって申し訳ございません！」

勢いよく頭を下げると、頭上から声が降ってくる。

「気にしなくていいから、頭を上げてくれ。それで、どうする？　警察は君に話を聞きたいが、王城内には入れない。だから君に、外に出てこられないかと言っている」

「ありがとうございます。これ以上、迷惑をかけられませんし、話をしてこようと思います」

「そうか。なら、ひとりでは心配だ。俺も行く」

「え、あ、大丈夫です！　ひとりでは行かないようにしますから」

そう言ってくれる気持ちは嬉しいので、丁重にお断りしてから続ける。

「お母様が自分の意思でそんなことをするとは思えません。きっと、お父様からの指示でしょう。ということは、警察署に行けば、お父様が接触してくると思います。銀トレイがどんな効果を発揮してくれるのか、試してみようと思うんです」

リファルド様は一瞬、驚いた顔をしたけれど、すぐに笑顔になって頷く。

「やっぱり俺も行く。君がどう変わったのか見たいからな」

「承知しました」

そうよね。私は昔よりも強くなっているはず。リファルド様には、その姿を見てもらいましょう。

＊＊＊＊＊

次の日はちょうどお休みだったことと、リファルド様の都合もついたため、一緒に警察署の中にある留置所に向かった。警察の人と話をするだけで帰るつもりだったけど、お母様が冷静になれたのか気になったので確認しておくことにしたのだ。

お母様は警察署の奥にある檻の中に入れられていて、鉄柵の向こう側に私が立つと笑顔を見せる。

「サブリナちゃん、やっと顔を見せてくれたのね！」

「もう二度と会いたくはありませんでしたが、確認したいことがあったので、ここに来ました」

「そんな冷たいことを言わないでちょうだい」

お母様は鉄柵を掴んで続ける。

「ねえ、私はもう出られるんでしょう？」

「それは私が判断することではありません」

冷たい口調で答えたあとに尋ねる。

「……お母様、どうして私に嫌がらせをするんですか」

「私があなたに嫌がらせをしているですって？　嫌がらせをしているのはあなたじゃないの！　私はただ、幸せに暮らしたいだけなの。どうして協力してくれないの？」

「私がいなくても幸せに暮らせますよ。ですからもう、私のことは捜さないでください。私は絶対にオルドリン伯爵と再婚なんてしませんから！」

はっきりと気持ちを伝えると、お母様はショックを受けたような顔をした。

「一体、どうしちゃったの。あなたは言い返すような子じゃなかったじゃないの」

「言うことを聞いていれば、嫌われないと思っていたからです」

「なら、私に嫌われないために、私のお願いを聞いてちょうだい！」

お母様は震えながら訴えてきた。

実の娘に言い返されることも怖いらしい。それなのに、よく知らない土地にお父様を追いかけていけたものだわ。世間なんて、私よりももっと冷たい人が多いのに。

「お母様、聞いてください。私はもう、オルドリン伯爵のことは好きではないんです」

「……どうして？　彼が浮気をしたから？　バンディが言っていたけど、貴族の男性が愛人を持つことは当たり前のことだそうよ。妻はひとりだけだからいいじゃないかと言っていたわ」

いつの間にか、お母様はお父様のことを様付けしなくなっていた。さすがに、目を覚まし始めてきたのかもしれない。

「お母様は、その話を聞いて納得できたんですか？」

「……どういうこと？」

「自分を放って、お父様が他の女性に会いにいくことは許せることなんですか」

「……それは嫌だけど、一緒にいられなくなるくらいなら我慢するわ！」

お母様は泣きながら叫んだ。

依存してしまうと恐ろしいことになるのね。そして、こんな状態になっている時は、自分がそうなっているとは分からないから困ったものだ。

さっきは目を覚まし始めたのかなんて希望を持ってしまったけれど、そうでもないみたいね。

「お母様、私は私の人生を歩みます。お父様にも邪魔はさせません。お母様が私を諦めてくれないのであれば、一生、あなたに会わないようにするしかありません」

「そ、そんな。サブリナちゃん、あなた、本当にどうしちゃったの」

久しぶりに会うお母様は服や肌は薄汚れているし、十歳以上老けたように見える。こんなに苦労しているのに、どうして、お母様は私よりもお父様を選ぶのかしら。

私では頼りにならないから？　同族嫌悪だから？

……なんて、もう、どうでもいいわね。

「私はもう、お母様たちの前には現れません。今回の件で、お母様たちは強制送還になり、二度とこの国に入国できなくなるでしょう」

「そんな！　そんなことになったら困るわ！」

お母様は鉄の柵を揺らして叫ぶ。

「サブリナちゃん！　どうしてなの。どうして、そんな酷いことを言う子になっちゃったのよ」

「お母様、私はきっと、最初から冷たい人間なんです。それを表に出さなかっただけ」

「そんなことはないわ！　あなたは優しい子だったわよ！」

「お母様の知っている私はもういません。これ以上、話を続けても無駄かと思いますので、もう去りますね。さようなら、お母様。今までありがとうございました」

深々とお辞儀をすると、お母様が叫ぶ。

「サブリナちゃん！　待って！　あなたがアキーム様と再婚してくれないと駄目なのよ！　バンディに捨てられたら、私はどうやって生きていったらいいの⁉」

「お父様のために全てを投げ捨てられる覚悟や強さがあるなら、他に素敵な何かを見つけて生きていけるはずだと私は思います。自分の人生です。他人に何を言われようと、迷惑をかけずに自分が楽しく生きていけるなら、それが一番ですから」

「バンディと一緒にいることが私の幸せなの！」

泣きながら訴えてくるお母様を見て思う。

親というものは、子供を第一に考えるものだと思っていた。でも、実際は全ての人がそうというわけではないのね。そして、これがお母様の生き方なんだわ。

「ごめんなさい、お母様。私はあなたのために自分を犠牲にすることはできません」

親不孝者だと言われても、絶対にオルドリン伯爵と再婚なんてしない。

はっきりと告げてから、私はその場をあとにした。お母様が泣きわめいていたけど気にしない。ここで心を痛めている場合じゃない。このあとが本番だからだ。

＊＊＊＊＊

別の場所で待っていてくれたリファルド様と合流したところで、警察の担当者がやってきた。お母様のことで話を聞かれたので、私が知っている事実だけを話した。必要なことを話し終え、警察署を出ると、案の定、お父様が待っていた。

今度こそ、お父様と決着をつけなくちゃ。

そう思って、両こぶしを握り締めると、お父様は私に近づきながら、笑顔で話しかけてくる。

「サブリナ、久しぶりだな。メイリーナから話は聞いたか」

「聞きましたよ。ですが、お断りいたしました」

普通ならここで、お父様と一緒にオルドリン伯爵が来ていてもおかしくないと思っていた。でも、オルドリン伯爵はお父様に私を連れていくことを一任しているのか、もしくは繋がりが切れたのか、彼はここには来ていなかった。

どうせなら、一緒に来てくれるほうが手間が省けて済んだのだけど、そう上手くはいかないわね。

少しだけがっかりしていると、リファルド様が少し心配そうな顔をしていることに気がついたので笑顔を見せる。

「大丈夫です。今の私は昔よりは強くなれていますから。それに、今は銀トレイもありますし！」

警察署を出る前に、護衛騎士から預けていた銀トレイを返してもらっていた。銀トレイを掲げるように見せて言うと、リファルド様は口元に笑みを浮かべた。何も口には出さないけど、分かってくれたのだと思う。

私がリファルド様からお父様に目を向けると、お父様は不思議そうな顔をして話しかけてくる。

「銀トレイなんて持ってどうしたんだ」

「必要な時に使おうと思いまして」

「意味が分からない。オルドリン伯爵と再婚して、メイドにでもなるつもりか？　それとも、前々からやらされていたのか？」

若い貴族の女性の間で流行っているものだから、お父様が知らないのも無理はない。今はただの銀トレイだと思っておいてもらいましょう。

「どちらもいいえです。お父様、もう私はあなたに用事はないんです。ですので、これで最後にしていただけますでしょうか。本来ならば、先日お会いした時に最後にするはずだったんです」

「サブリナ、本当にお前は偉そうな口を利くようになったな。お前は俺の娘なんだ。子供は親の言うことを黙って聞いていればいいんだよ！」

「お父様、私はもう成人しています。それに、子供だからといって、何でもかんでも親の言うことを聞く必要はないと思います」

怯まないために、銀トレイを握り直して続ける。

「だって、親が間違っていることだってありますから」

「オレが間違っているわけがないだろう！」

鼻で笑いながら言ったお父様に、私は冷たい声で答える。

「いいえ。何度も間違っていましたよ！　それにお父様の言う通りにやったとしても、トラブルになった時には責任を取らずに知らんぷりじゃないですか！　お父様は私のことを考えているんじゃありません！　自分の感情を優先しているだけです！　お父様にとって私の生き方がおかしくても、私は私の思う道を行くだけです！　理解してくれなんて望みません！　ですから、お父様も私と分かり合おうとすることは諦めてください」

「生意気なことを言いやがって！　そんな甘い考えで世の中を生きていけると思うなよ！」

「生きてみせますし、どうせ、生きていけてもいけなくても、私はお父様にとって、望み通りに生きていない悪い娘なんでしょう。それなら、関わり合いにならないことが一番です。お互いに不快な気持ちになるだけですからね。お父様は私のこれからの人生に必要ありません」

一気にまくしたてると、お父様は顔を真っ赤にして叫ぶ。

「いい加減にしろ！　大人しく、オレの言うことを聞くんだ！　お前がオルドリン伯爵と再婚しなきゃ、オレの命が危ないんだよ！」

命が危ないって意味が分からないわ。

もしかして、オルドリン伯爵に脅されているの？

でも、脅される理由なんてあるのかしら。

その時、以前、お父様が浮気をしているのではないかと感じたことを思い出した。まさか、本当にエレファーナ様と不倫していて、それで脅されているということはないわよね。

オルドリン伯爵は人の命を奪うというような脅しができるような人じゃない。ということは、殺すと脅している人は別の誰かだと思うけど、誰なのかしら。

私が困惑していることが分かったからか、リファルド様が耳元で囁く。

「彼は悪い奴らに追われているんだが、サブリナと再婚させてくれるなら助けてやると、オルドリン伯爵に言われたんだろう」

「そういうことですか」

そういえば、悪い奴らに追われていると教えてもらっていたんだった。色々とありすぎて、頭から抜け落ちてしまっていた。

「とにかく一緒に行くぞ！」

お父様が銀トレイを持っていないほうの腕を掴む。これはわざと掴ませた。相手から手を出されたなら、正当防衛が成り立つ。

——過剰防衛だと言われかねないけど。

その手を振り払ってから叫ぶ。

「私に触れないでください！　次に触れたら容赦しません」

「何が容赦しないだ。お前に何ができるって言うんだ！」

「できますよ！　もう、私は昔の私ではありませんから！」

あざ笑うお父様の額に向けて、私は銀トレイの縁を両手で叩きつけた。

ガツンという音のあと「ぎゃあああああ」という断末魔のような叫び声があがったので、驚いて後ろに下がる。すると、お父様はその場に崩れ落ち、地面に寝転ぶようにして倒れ、額を押さえて転げ回り始めた。

「な、なん、なんなんだ!? し、しびれが……っ」

私の銀トレイに付与された魔法は、触れた人をしびれさせるもののようだった。

「一体、何の騒ぎですか!?」

お父様が絶叫したからか、警察署の中から人が出てきて、状況の説明を求めてきた。リファルド様と一緒に簡単に経緯を説明すると、護衛の兵士が、捕まえていたお父様の身柄を引き取ってくれることになった。

「うああ」

お父様は痛みに弱いのか、額を押さえていまだに喚いている。

もしくは、銀トレイの効力がよっぽどすごいのかもしれない。足がしびれたりすると動けなくなるけど、頭の近くだから、脳に支障をきたしているのかもしれない。下手をすると死んでしまうかもしれないわ。

そういえば、先日、銀トレイに魔法を付与してもらったお礼を言った時に、キール様はこう言っていた。

『扱う人間の殺意が強ければ、効力が強くなります。どこかで殺人犯にはなりたくないという考えがあれば、命を奪うまではいかないので安心してください』

お父様がまだ動けるということは、私の殺意はそう強くない。どちらかというと、関わりたくないという思いなんだろう。

人を殺める勇気は私にはないし、そこまでする権利もない。

だって、私は殺されていないから。

やってもいいのは精神的に追い詰めることくらいだろうか。

されたことをやり返すことも良くないと言われているし、死刑制度もいろんな国でどんどん廃止されていっている。罪を償って生きていくほうが辛いからなのか、それとも、犯罪者の命を奪っても失われた命は戻らないからなのか、他に理由があるからなのかは分からない。それは人それぞれの考え方なのだと思う。

お父様が連れて行かれたあと、私たちも取調室で警察の人から叱られてしまった。

こうなることはある程度予測できたのだから、警察署の前で話をすべきじゃなかったわね。違う場所にすべきだった。

……って、そんな問題ではないわね。

しばらくすると、お父様は額の物理的な痛みはなくなったものの上手く話ができないとのことで、聴取に時間がかかると警察の人は教えてくれた。

「父はどうなるのでしょうか」

「あなたの御母上に命令した罪で改めて捕まえます」

実行犯よりも指示を出した人間のほうが罪が重くなる。他国はどうか分からないが、私が住んでいた国やロシノアール王国では、そういうことになっている。これで、大人しくなってくれますように。

私は心の中でそう願った。


警察との話を終えて、取調室を出たあと、リファルド様が銀トレイを見て話しかけてくる。

「それにしても、すごい効力なんだな」

「はい。魔法が使えるってすごいですね」

「そうだな。他の国では平民も簡単な魔法を使える国もあるというのだから、使えない俺にしてみれば羨ましいものだ」

ロシノアール王国以外に魔法を使える国があることは初耳だったので、詳しく聞いてみる。

「私の知識不足で申し訳ないのですが、平民も魔法が使える国があるんですか？」

「あるんだが、あまり公にされていないみたいだ。悪用される可能性があるからな」

「そ、それはそうですね」

魔法が使えればかなり便利な生活になるけれど、私利私欲のために、魔法を使える人を誘拐しようとする人間が現れてもおかしくない。それなら、多くの人に知られないほうがいいわよね。

そこまで考えたあと、キール様が魔法を使えることもあって聞いてみる。

「そういえば、戦争で魔法を使うことはあるんですか？」

「ある。だから、俺たちは戦場近くに行っても参加はしない」

「最初から勝ち目のない戦いには挑まないということですね」

「ああ。だから、同盟国が必要なんだ。念のために言っておくが、俺とキールの仲が良いのは政治的なものじゃない」

「それは承知しております」

ふたりが話をしているところを何度も見ているけれど、本当に仲が良さそうだもの。でも、政治的なものだと疑う人もいるのでしょうね。

魔法を使える人がいる国から攻められたら、使えない国の人はどうしようもない。だから魔法を使える人がいる国と同盟を結んでいて、それが各国への抑止力になっている。

それにしても、私の物理的な攻撃力はまだまだ弱い。もっと力をつけないといけないわ。私にはまだ、最大の敵が残っているんだもの。

力には力で対抗させてもらう。

銀トレイももっと上手く扱えるようにならないと駄目ね。初めて使ったから、いまだに胸がドキドキしているわ。

「大丈夫か？」

興奮しているのが分かるのかリファルド様が顔を覗き込んできた。

「大丈夫です。心配していただきありがとうございます」

お礼を言ってから、リファルド様に尋ねる。

「そう簡単に強くはなれなくて申し訳ないのですが、まずは、お父様の言いなりにならなくなった私は少し変われたかなと思うのですが、どうでしょうか」

「そうだな。君の母親のような状態から今の君になったのなら、かなり変われたと思う。それに変わるということは、焦ってやるものでも、人に言われてやるものでもない。君のペースでいけばいい」

「ありがとうございます。あとは、自分で自分を好きだと思えるようになりたいです」

「そう思えることはいいことだ。俺は生きている以上、誰かの望み通りに生きるのではなく、自分で選んだ人生を歩む人を応援したくなる。だから、自分を好きだと思える自分になりたいと思う君は素敵だと思うよ」

リファルド様が優しい笑みを浮かべて言った。

そんなリファルド様を見て、胸がドキドキして頬が熱くなる。

こんな素敵なリファルド様を見ることができて、なんだかご褒美をもらった気分だわ。

今の私は前向きな気持ちになっている。でも、お母様は前に進むどころか後退しようとしていた。

今回の件で今度こそ、目を覚ましてくれるだろうか。

私は私で、まだ小さな一歩でしかないけど、今は良しとしよう。

お父様はこのまま、国外退去させられるはずだ。オルドリン伯爵はどう動くかしら。まだ、リファルド様と話したいことがある。迷惑かもしれないけれど、勇気を出して言ってみる。

「あの、リファルド様、もう少しお話ししたいのですが、ご迷惑でしょうか」

「時間はあるから気にするな。それに、今回は簡単だったが、次も同じようになるか分からないから、安心しきるのは良くないぞ」

「はい。オルドリン伯爵だけでなく、エレファーナ様も出てくるでしょうから、面倒なことになりそうです」

「そのとおりだ」

「負けないように頑張ります」

両こぶしを握り締めて言うと、リファルド様は厳しかった表情を柔らかなものに変えた。

「立ち話もなんだし、レストランにでも行くか。実は、予約をしているんだ」

お話ししたいと言ったのは私だけど、レストランは遠慮しようかと思った。

予約しているのなら、誰かと行く予定だったということよね？

「あの、私のことは気になさらずに、お約束の相手を優先してください」

「約束?」

「はい。誰かと行く予定があるから、予約されていたのですよね?」

リファルド様は目を丸くしたあと、なぜか微笑む。

「ああ、そういうことか。何も話していなかったな。君と行こうと思っていた」

「そうなんですね」

相手が私だったと聞いて、安堵の気持ちがこみあげてきた。

「ではぜひ、ご一緒させてください」

「サブリナは食べ物の好き嫌いはあるのか?」

「特にありません。リファルド様はあるんですか?」

「あるといえばあるが、かといって出されれば食べる」

「それは私も同じです」

リファルド様に食べ物の好き嫌いがあるなんて思っていなかった。だって、こんなことを言ってはなんだけれど、食に興味がなさそうなんだもの。

「どうして笑っているんだ」

「申し訳ございません」

不意にこぼれてしまった笑みを引っ込めて、リファルド様と一緒に馬車に乗り込む。

「席を予約しただけだから、好きなものを頼めばいい」

「今日は両親とさよならできた記念日でもあるので、お言葉に甘えてそうさせていただきます」

「たくさん食うんだぞ」

「食べられる分だけ食べます」

すっきりした気分になったので、今日はいつもより食事が美味しく感じられる気がした。

＊＊＊＊＊

あの一件から三日以上経っても、お父様の体のしびれはいつまで経っても消えないらしく、限界がくるまで眠ることもできないそうだ。お父様とお母様は釈放されたものの、二度とロシノアール王国に入国することができなくなった。

ふたりのせいでロシノアール王国は他国の人が入国する時の条件を厳しくしたため、多くの人から恨まれることになった。

特に裏取引をしていた人間には大打撃だったようだ。取り締まりが厳しくなり、多くの人間が捕まった。悪いことをしていたのだから捕まるのは仕方がない。でも、そういう人たちは、私のような考えにはならない。

お父様のせいで仲間が捕まったと怒り、お父様を捕まえて痛い目に遭わせようとしているそうだ。そんなことを知ってか知らずか、お母様は最初はお父様に付いていっていた。でも、ある時、捕まりそうになったお父様はお母様を囮にして自分だけ逃げた。

お父様に囮にされたお母様は悪い人間に捕まり、暴行されそうになったけれど、お父様たちを監視している人たちがそんな状況を黙って見ているわけにもいかず、警察に連絡をしたため、事なきを得た。

現在のお母様は怯えていて、何も話せる状態ではないらしい。暴漢に襲われそうになるなんて、普通の人でもかなりのショックのはずだ。しかも、お父様に裏切られたのだから、心が弱いお母様にはかなりのダメージだと思う。

でも、この出来事でやっと、お母様はお父様から離れる決意をした。

問題だったのが、行く当てがないからと私にすり寄ろうとしてきたことだ。

私が住んでいた国の警察から連絡があり、身柄を引き取ってほしいと言われたので、お断りした。保釈金を払うつもりもないと伝えると、無料の就職支援施設に送られることになった。

就職支援施設といっても色々とあって、お母様が行くところはホームレスの人ばかりが集まっている、寮が完備されている施設だった。ひとりにしておくと危険だと判断され、状態が落ち着くまでは監視されることになる。

できれば、そこまで心が弱ってしまう前に、お父様から逃げるという道を選んではしかった。逃げることは良くないと思う人もいるだろうけれど、私は逃げてもいいと思っている。

だって、自分の人生なんだもの。

逃げて新たな道を探せばいい。

人にどうこう言われる筋合いはないわ。

自分の考えは相手が親であろうがなんだろうが、他の人に強いられるべきものではないのだから。

――といっても、他人のことを気にして我慢してしまう人が多いのよね。私がそうだったから、痛いほどに分かるわ。

＊＊＊＊＊

今日は戦地に赴いていたリファルド様が戻られる日で、キール様も戻って来るから一緒にお出迎えをしようと、ミリー様に誘われて、デファン公爵家にお邪魔していた。

「ミリー様はキール様の婚約者だからお出迎えは分かりますが、私はどうなんでしょうか。リファルド様とキール様にはお世話になっていますし、何かしなければならないのは確かですが、出迎えても喜んでもらえるかどうか心配です」

「キール様からの手紙では、リファルド様はオフの時はサブリナ様のことをいつも気にしているようですし、出迎えたら喜ばれると思いますよ」

「そ、そうなんですか？」

「ええ。手紙にはそう書いてありましたよ。キール様はそんな嘘をつく人ではありませんから、信用してください」

「ありがとうございます。喜んでくれると思うようにします」

勇気をもらった私が笑顔で頷くと、ミリー様は話題を変える。

「そういえば、サブリナ様の元夫のオルドリン伯爵は今は大人しくしているんですか？」

「ええ。私がロシノアール王国にいることが分かったので、接触しようとしているようですが、お父様のせいで入国審査がより厳しくなったため時間がかかっているみたいです」

「問題の国でもありますから、何日もかけているんでしょうね」

「はい。しかも、ワイズ公爵家と折り合いの悪い公爵家にすり寄ったみたいです。今の段階ですと、オルドリン伯爵は罪を犯していません。公爵家の力も働いて入国はできてしまうでしょう」

「ワイズ公爵家の名が出たので思い出しましたが、サブリナさんとリファルド様は婚約しないのですか？　リファルド様には婚約者はいらっしゃらないのですよね？」

ミリー様が不思議そうな顔で聞いてくるので、慌てて首を横に振る。

「私は平民ですから、公爵家の嫡男の婚約者になるなんて不可能です。しかも、私は一度、結婚までしていますから」

「再婚する人なんてたくさんいますよ。それに、元夫が酷い人だったことは他の人も知っているのでしょう?」

「それはそうですが、どう考えても難しいと思います」

「平民という話だって、元々は子爵令嬢ですし、仕事も王太子殿下のお世話役ですよ? それに、リファルド様は公爵令息です。偉い人だからこそ、無理がきくというのもあります。酷いことをした元夫が入国できるくらいなんですから、何も悪くないサブリナ様がお相手でも、リファルド様が選んだのであれば問題ないと思います」

ミリー様が両こぶしを握って力説した時、応接室の扉がノックされた。リファルド様たちが帰ってきたのかと思ったら違った。訪ねて来たのは情報屋だった。

情報屋というのは、その名の通り、何らかの情報を集めたり、人に売ったりする職業についている人のことだ。ワイズ公爵家が雇っている数人のうちのひとりで、隣国まで足を運んでくれていた。

リファルド様にではなく、私に緊急の話だと言うので聞いてみることにした。

「出先まで追いかけてしまい申し訳ございません」

「緊急なら仕方がないわ。一体、何があったんです?」

頭を下げた中年の男性の情報屋に話を促すと、彼は重い表情で口を開く。

「オルドリン伯爵とその母親の入国が許可されました」

「それって、公爵家の権力を使ったということ？」

「そのようですね。それに、サブリナ様にこんなことを言うのもなんですが、浮気はどの国でも犯罪ではないのです。そのため、入国拒否の案件にはなりません」

そうなのだ。浮気は刑事罰には問われない。慰謝料などで争うのは民事になり、警察は介入しない。

オルドリン伯爵たちが入国したということは、いよいよ、本番といったところだわ。

第四章　あなたが望んだ妻は、もういません

お出迎えを無事に終えて少し落ち着いたところで、オルドリン伯爵が入国できたということをリファルド様に伝えると、難しい顔で尋ねてくる。

「どうして彼がそこまで君にこだわるのか、理由は分かるのか」

「こうだと確信しているわけではありませんが、支配できる人が好きなのではないかと思います。あと、母親からそう教わってきたのかもしれません」

「なるほどな。人の意見と自分の意見が違っていたら攻撃してくるような母親のようだし、そんなところだろう」

眉根を寄せるリファルド様に頷く。

「オルドリン伯爵は自分の言っていることだけが正しくて、それ以外の意見を言う人は認められないというような人です」

「迷っているならまだしも、こうだと決めた人間に口を出す必要性はないと思うがな。考え方なんて人によって色々とあるだろう」

「普通の人はそう思うと思いますが、エレファーナ様は自分の意見が正しいと思い込んでいる人ですから話になりません。感じ方が違うと怒り始めて暴言を吐きます。言われた人が不快に

なることなんてどうでもいいんです」

「そんな奴と話をして決着がつくのか？　人を誹謗中傷することは罪だが、自分の意見を言うのは罪ではないんだぞ」

「そうなのですよね。ですので、最悪の場合は、銀トレイを使うしかないかと思っています」

話し合いで解決しないのであれば、物理的に対抗するしかない。あの人は今の私よりも力は弱い。

できれば、距離を取ることで解決したかったけど、追いかけてくるのだから仕方がない。自分に危害を加えられる前に対処するしかないのだ。

「ひとりにならないようにすることと、最悪の場合に私が銀トレイを使ったとしても罪に問われないような状況に持っていくつもりです。彼らのせいで暴行罪で捕まるなんて馬鹿らしいですから」

「そうだな。俺も裏で手を回すようにするが、相手も黙ってはいないだろう」

相手というのはオルドリン伯爵たちのことではなく、敵対している公爵家のことを言っているのだと分かった。

「ご迷惑をおかけして申し訳ございません」

「気にするな。好きでやっていると言っているだろ。それにしても、君は本当に変な人間に好かれるんだな」

「……前にも似たようなことを言われた気がしますね。オルドリン伯爵たちは別として、普通の人から見たら変な人間であっても、常識を持っていて、人を思いやる気持ちを持っている人であれば、その人が人と変わった考えを持っていて変な人間と言われていても、私は気にならないと思います」

そこまで言ったあと、苦笑して続ける。

「オルドリン伯爵たちのような常識のない変な人たちは御免です。あくまでも、常識があって個性的な人という意味です」

「彼らのように自分の言いたいことを言って、こうしろと命令したり、自分の思うことが正しいのだと決めつけるのではなく、相手の話も聞ける上に、それでも自分の進む道が好きだと言える人がいいということだな」

リファルド様は納得したように頷いた。

「はい。あの、お疲れのところに嫌な話をして申し訳ございません」

「いや。俺も気になっていたから、教えてくれて助かる」

「……ありがとうございます」

ミリー様に言われて、再確認したことがある。オルドリン伯爵の件が無事に片付けば、リファルド様とはお別れだ。寂しいし悲しいけれど、今までが異常だったのだ。

平民になった私に、何から何まで面倒を見てくれる公爵令息なんて、リファルド様しかいない。このままでは、私との変な噂がたてられてしまうかもしれない。

私からちゃんと身を引かなければならない。

そのためには、私がリファルド様に頼らなくても生きていけるということを見せないと駄目だわ。

そう決意を新たにしたその数日後の朝、オルドリン伯爵から手紙が届いた。

オルドリン伯爵からの手紙には、宿屋に返事を送ってくれと書かれていたので、こちらが指定した場所と日時であれば、会ってもいいと返した。私がすんなりと会うことを認めたことに警戒しているような返事がきたけれど、断ってはこなかった。

現在、ラファイ伯爵令嬢がエレファーナ様のいじめのターゲットだから、ストレス発散のために彼女も連れてきているみたいだった。自分も私と同じ目に遭ってみて、彼女はどう感じているんだろうか。

ただ、気が強いもの同士だから、そのうち恐ろしいことになる気もする。そうなったとしても、自業自得だと思ってしまう私は冷たい人間なのかもしれない。

＊＊＊＊＊

手紙を受け取った数日後、オルドリン伯爵と私は、王都にあるレストランで会うことにした。

個室にすべきか迷ったけど、オルドリン伯爵が護衛を入れたがらない可能性があることと、どうせならとゲストを用意したので、店を貸し切ってもらった。キール様のご実家が経営しているレストランのため、融通がきいたのだ。

オルドリン伯爵に貸し切りだと分からないように、偽の客も用意した。店の中に集まってくれるお客様はリファルド様やゲストを含む関係者で、証人になってくれる人ばかりだ。警察関係者も紛れ込んでいるというので、もし、オルドリン伯爵たちが悪事を働いていたことを暴露したら、彼らの人生はそれで終了ということになる。

リファルド様やゲストはオルドリン伯爵たちに顔を知られているので、私たちが座る席から少し離れた席で背中を見せる形で座っている。

今日はリファルド様に頼るつもりはないけれど、近くにリファルド様がいてくれると思うだけで心強かった。

「久しぶりね、サブリナさん」

案内された席に着くと、エレファーナ様が笑顔で話しかけてきた。周りに人がいるから、よそゆきの顔をしているみたいだ。

エレファーナ様の隣にはオルドリン伯爵が座っていて、ラファイ伯爵令嬢の姿は見えない。彼女の入国も許可されていたようだから、ここには連れてこなかっただけでしょうね。

「お久しぶりです、エレファーナ様。あの時の約束を守っていただけなくて残念です」

「仕方がないじゃないの。アキームがこの状態なんだもの」

エレファーナ様は少しふっくらしたように見えるけれど、オルドリン伯爵は以前よりも痩せていて憔悴しているように見える。あまりにふたりの違いが気になって尋ねてみる。

「オルドリン伯爵に何があったんですか」

「アキームがこんな風になったのは、あなたのせいじゃないの。あなたがいなくなってから、アキームは誹謗中傷に悩まされているの！」

「誹謗中傷？」

聞き返すと、エレファーナ様が話し始める。

「そうよ。彼があなたに酷い対応をしていたことに対して、周りから最低な男性だとか言われるようになったのよ」

「酷いことをしたというのは間違ってはいないでしょう。それに誹謗中傷をしている人たちがやっているようなことをエレファーナ様もしていますよね。人のことを言えるのですか？」

「わ、わたしのことはどうでもいいのよ！　アキームの話をしているの！　アキームは人の悪口は言っていないわ！　だから、他の人間がアキームの悪口を言うことは許せない！」

エレファーナ様がすごい剣幕で叫んだ。

「オルドリン伯爵のことは可哀想だと思えるのに、あなたが攻撃した人のことは可哀想とは思えないのですか」

「当たり前でしょう。攻撃されるようなことを言うほうが悪いのよ！」

「攻撃されるようなことと言いますが、それはあなたがそう感じているだけかもしれないじゃないですか。自分の思い込みで攻撃していいものではありません。それに、あなたの場合は普通の人なら何も思わないことばかり文句を言っていましたよね」

「わたしが攻撃したいと思ったんだから、されて当然のことを相手がしているのよ！」

どうしたら、ここまで自分本位な考えになれるのかしら。こうなりたいとは思わないけれど、ただ、純粋に気になった。でも、今はそんなことを考えている場合ではない。

「エレファーナ様、あなたは自分がめちゃくちゃなことを言っていることが分からないのですか？」

「めちゃくちゃなことなんて言っていないわ。大体、わたしよりも劣っている人間が偉そうにするんじゃないわよ！」

エレファーナ様は立ち上がり、私を睨みつけて続ける。

「わたしのように賢い人間は、あなたのような人間をクズだと思っているの」

「別にあなたにどう思われてもかまいません。ところで、どうしてクズである私と関わろうとするんですか？　それが不思議です。嫌なら関わらなければいいでしょう。そんなことも分からないんですか？」

「クズだと認識しろと言っているだけよ！　教えてあげているんだから親切でしょう！」

「余計なお世話です。自己満足にも程があるでしょう」

「なんですって⁉」

エレファーナ様がテーブルに手を叩きつけた時、ずっとだんまりを決め込んでいたオルドリン伯爵が叫ぶ。

「もうやめてくれ！」

立ち上がったオルドリン伯爵は、私に訴えかける。

「僕が悪かった！　サブリナ、お願いだよ。謝るから帰ってきてくれ！　ベルと君なら、君のほうが僕には合うんだよ！」

「はあ？」

あまりの勝手な言い分に、思わず間抜けな声が出てしまった。オルドリン伯爵は私の反応など気にせずに続ける。

「ベルはワガママばっかりで口うるさいんだ。あれも駄目、これも駄目って心が安らぐ日がないんだよ。やっぱり、僕には君しかいないって気がついた。失って気がつくものがあるって言うだろう？　僕はそのタイプなんだ！　許してくれたっていいだろう⁉」

失って気がついたなんて、そんなことを自慢げに言われても困るわ。

「無理です。私はあなたの元には戻りません。大体、こうやって会うこと自体も本当はおかしいんです」

「でも、君は会ってくれた。まだ、僕に未練があるということだろう？」

そんな風に思わせてしまったのね。これは私が悪いわ。

笑みを浮かべ、オルドリン伯爵に冷たく答える。

「そう取られてしまったのであれば、私の態度に問題があるのだと思いますので謝ります。申し訳ございませんでした。私はあなたとよりを戻すつもりはありません。ですので、もう、二度とあなたと会うこともありません」

「サブリナ！　いい加減にしろ！　昔のことを思い出してくれよ！」

「必要な時にしか過去は振り返らないと決めたんです」

「今が必要な時だろ！　君は僕を愛していた！　あの時のように僕の言うことを聞くんだ！」

声を荒らげるオルドリン伯爵を見て、やっぱり、エレファーナ様と彼は親子なのだと確信した時、ウェイターがやって来て、私に話しかける。

「ご注文の品をお持ちいたしました」

私の目の前に置かれたのは、私専用の銀トレイだった。

どうして、ここに銀トレイが？

疑問が浮かんだあと、ウェイターの声に聞き覚えがある気がして見上げてみる。すると、ウェイターだと思った彼は、髪型を変え、化粧までしたゼノンだと分かった。

「な、なんで」

驚いて話しかけようとした私を、ゼノンは無言の笑みで制した。言うなということなのは分かるけど、どうして、私の銀トレイをゼノンが持っているのよ。いざという時に使えるように、私の後ろの席の人に持っていてもらう段取りだったのに！

「一体、それは何なの？」

エレファーナ様はゼノンに気づくこともなく、銀トレイのことを知らないようで、訝しげな顔をした。

「ちゃんとした商品名はありますが、銀トレイです」

「どうして、そんなものをレストランで注文するのよ」

エレファーナ様は去っていくウェイター、ではなく、ゼノンを呼び止める。

「ちょっとあなた！　一体、何を考えているの！」

「申し訳ございません。わたくしはオーダーされたものをお持ちしただけでございます」

ご丁寧に裏声まで使っているから、かなり楽しんでいるように見える。

ゼノンが来るなんて、本当に聞いていなかった。きっと、リファルド様が今日のことをゼノンに話をして、私に内緒で計画を進めたんでしょうね。提案したのはゼノンなんでしょうけど、こういうところは本当に気が合うんだから。

私が呆れた顔をすると、ゼノンは微かに微笑み、この場を離れていく。

眉毛の書き方を変えるだけで、本当にイメージが違うわ。私のようにゼノンの顔をよく知っている人間には彼だと分かるけれど、あまり面識のない相手なら、簡単に騙せてしまうのね。

「信じられない！　何なのよ、一体！　無礼だわ！」

まるで別人に見えるゼノンに気を取られていると、エレファーナ様が怒り始めた。同じ様にオルドリン伯爵も怒るのかと思ったけれど、実際は違った。

「サブリナ、もしかして、家に帰ってきてメイドをするつもりなのか？」

オルドリン伯爵は希望に満ちたような明るい表情で尋ねてきた。

「違います。どうしたら、そんな前向きな思考になれるのか知りたいです」

「前向きとかそういうものじゃない。本当のことを言っているんだよ」

ここまでポジティブだと、生きていくことに疲れるなんてことないんでしょうね。生きづらい世の中だと思っている私には、オルドリン伯爵の性格が少しだけ羨ましい。

かといって、オルドリン伯爵のようになりたいと思うことは絶対にない。繊細すぎても生きていくことが辛くなる。だけど、人の気持ちに無神経になれば、知らないうちに多くの人を傷つけて嫌われることになる。

オルドリン伯爵はやっと、自分がそういう状態になっていることに気がついたんだろう。問題は、自分に原因があることに気づいていないことだ。

駄目元で伝えてみることにする。

「これはメイドが使う、普通の銀トレイとは違います」

「……どういうことかな」

「これは話し合いをしても無駄で、自分の言うことを聞かせるために、暴力をふるってくる人から身を守るものです」

「え？　ど、どうして君がそんな物騒なものを持っているんだ？」

「オルドリン伯爵たちのような人から身を守るために、とある方からいただきました」

「なら、今は必要ないだろう？　僕は君に暴力をふるったことなんて一度もないじゃないか！」

「言葉で精神的に追い詰めることだって暴力になるんです」

オルドリン伯爵を睨みつけると、彼は焦った顔をして尋ねてくる。

「僕は君に言葉の暴力を浴びせたことはない。それに、君は僕との結婚生活を幸せだと思っていただろ？　なら、それでいいじゃないか」

「結婚する前や、結婚してすぐの時はそう思っていましたが、あなたが領地の視察に頻繁に出かけるようになってからは違います。そして、私があなたからの精神的な支配に気づけたのは、あなたとラファイ伯爵令嬢との話を聞いたからです」

「……その話はリファルド様から聞いたのか？　騙されないでくれ。彼が嘘をついているんだ！」

「リファルド様から話を聞いたのは、あなたへの愛が冷めてからです。騙されてなんていません」

「愛が冷めただって？」

「ええ。オルドリン伯爵は気がついていなかったようですが、私もあの場にいたんです」

「あの場って、どの場所だよ」

「ラファイ伯爵令嬢とあなたが密会している時にリファルド様に見つかったでしょう？　あの時のあの場所です」

「……なんだって？」

あの時、自分がどんなことを話していたか思い出したのか、オルドリン伯爵の顔が青ざめた。

「いや、その、あれは、ベルの前だから言ったことであって、本心ではなくて」

「あんなことを嘘でも話す人のことを好きでいられるはずがないでしょう」

「そ、そんな……」

オルドリン伯爵は助けを求めるかのようにエレファーナ様を見た。

エレファーナ様はそんなオルドリン伯爵に優しい目を向けて声をかける。

「アキーム、やっと分かったでしょう。あなたは本当に仕方のない子ね。だから、彼女はやめておきなさいと言ったじゃないの」

「で、ですが、盗み聞きをするような人だとは思っていなかったんです！」

「それが彼女の本性ですよ」

盗み聞きをしていたのは確かだし、エレファーナ様にどう思われてもいいけど、一応、伝えておく。

「あの時のオルドリン伯爵は小声で話しているわけじゃありませんでしたし、あの場に他の誰かがいたら話し声が丸聞こえでしたので、聞かれたくない話をあんな所でするほうが間違っています。しかも、話をしていただけではないようですし」

「し、仕方がないじゃないか。あの時はベルのことを魅力的に思えていたんだよ。それに、君と別れる気もなかった」

「それはあなたの勝手な考えじゃないですか。それを私に押し付けないでください！」

昔の私は、オルドリン伯爵のことが本当に好きだった。それなのに、今はまったく魅力を感じない。気持ちが冷めたからなんでしょうけれど、ここまでくると、まるで、魔法が解けたみたいな気分だわ。

「母上も言っていたけど、サブリナは僕のことが可哀想だとは思わないのか？」

「どうして私が、あなたを可哀想だと思わなければならないのですか？」

「だって、そうだろう！　世間から冷たい目で見られて、妻にも見捨てられるなんて最悪な人生じゃないか！　せめて、君だけでも人生を僕に捧げて尽くしてくれよ！」

あまりの自分勝手な言い分に腹が立ち、強い口調でお断りする。

「お断りします。私の人生は私のものです。あなたに捧げるものではありません」

「生意気な口を利くんじゃないわよ！」

オルドリン伯爵ではなく、エレファーナ様が手を出してきたので、私はとっさに銀トレイで防御した。

「きゃあっ！」

銀トレイに手をぶつけただけでなく、しびれが全身を駆け巡ったのか、エレファーナ様は悲鳴をあげ、呆然とした表情で椅子に崩れ落ちる。

「い、一体、それは何なんだよ⁉」

オルドリン伯爵が私から奪おうとして、銀トレイに触れた。

「うわあっ！」

私の嫌悪感に反応する銀トレイがオルドリン伯爵に反応しないわけがない。

オルドリン伯爵は情けない声をあげて手を引っ込め、触れた指を押さえながら涙目で私に叫ぶ。

「な、何が起こったんだ⁉　ふ、ふふ、触れただけで痛みが走ったぞ！」

「用途については、先程説明したと思いますが」

「そ、そういうことじゃない！　と、どうして、しょ、しょ、そ、そんなことになるのか、き、聞いているんだよ！」

「そんなこととは？」

「さ、触った、だ、だけで、ぜ、全身がし、しび、しびれるんだ！　普通の銀トレイがそんなことになるはずがない！」

銀トレイの効果のせいで上手く話せなくなっているみたい。話がまったく通じないんだもの。話をする必要はないし、ダメージを与えられたみたいで良かったわ。

「なぜ、そんなことになるかと言いますと、あなたが私の敵だからです」

「そんな、ひ、ひどいことを、い、言わないで、くれ！」

「そうよ！　アキーム様が何をしたって言うの！」

エレファーナ様がヒステリックに叫んだので、これ見よがしにため息を吐いてから笑顔で言う。

「静かにしていてほしかったんですが、おふたりとも、まだお元気そうですし、もっと話せないようにしてさしあげますね」

「ひっ！」

オルドリン伯爵は情けない声をあげると、周りには多くの人がいるというのに、椅子を押しのけて床に額をつける。

「も、申し訳ございませんでした！　ましゃか、あなたがしょんな人だとは思っていなかったんです！」

「……では、もう二度と私に付きまとうことはないということでよろしいですね？」

オルドリン伯爵は上手く言えていなかったけれど、私のことをそんな人という意味が分から

ない。でも、いちいち、確認する気にもならなかった。

「もちろんです！　もう二度と、あなたの目の前には現れません！　ですから、その」

オルドリン伯爵は顔を上げて、私が握りしめている銀トレイを無言で見つめた。私は銀トレイを彼のほうに向けて尋ねる。

「これを使わないでほしいと言いたいんですか？」

「そ、そうです！」

よっぽど痛かったのね。でも、先程よりも話せるようになっているということは、効き目が薄れているということかしら。思った以上に効果が薄れるのが早いわね。

まあ、いいわ。自分が痛い思いや辛い思いをすることを嫌がる人だから、これに懲りたなら二度と、私の前には現れないでしょう。

しばらく監視をしてもらって、大丈夫だと分かるまでは本当の安心はできないけれど、この様子だと、私の顔なんて見たくなくなったでしょうね。

「……分かりました。あなたがもう二度と私の目の前に現れず、ラファイ伯爵令嬢のことも責任を持って面倒を見るというのであれば許しましょう」

「も、もちろんです！　ベルのことも大事に……、うあああっ、あの、や、やめてください！」

銀トレイに触れてもいないのに、しびれを感じたのか、オルドリン伯爵は顔を歪める。嘘をついたらしびれるようになっているみたいね。しかも、一度触れただけで効果が持続するみたいだわ。これなら、誰でも彼の嘘を見抜くことができる。もしかして、魔法が付与されたおかげで進化しているのかしら。そうだったとしたら、本当にすごいわ。

銀トレイにお礼を言うように無言で優しく触れながら、オルドリン伯爵に目を向けて尋ねる。

「本当に、ラファイ伯爵令嬢を大事にするんですね？」

「はい、本当っ、ぎゃあああっ」

普段は静かなレストラン内にオルドリン伯爵の絶叫が響いた。何もされていないのに叫ぶオルドリン伯爵を見て、何がなんだか分からないといった表情だったエレファーナ様は我に返ると、立ち上がって叫ぶ。

「サブリナさん！　銀トレイをテーブルの上に置きなさい！」

「どうして、そんなことを命令されないとならないのです？」

「危険だからに決まっているでしょう！」

「私からすれば、エレファーナ様のほうが危険です」

「ふざけたことを言わない」

怒りに任せて叫ぼうとしたようだけど、私が銀トレイを掲げるようにして見せると大人しくなった。

どうせ、賢くないのなら、そのままさっきのように手を出してくれれば良かったのに――。

「あの、本当にすみませんでした。僕は怖い女性は苦手なんで、あなたにはもう二度と付きまといませんので！」

私たちのやり取りを見ていたオルドリン伯爵がまた額を床につけて謝るので話しかける。

「オルドリン伯爵」

「な、なんでしょうか」

「お聞きしたいことがあります」

私とオルドリン伯爵の縁は無事にこれで切れるけれど、まだ終わらせるわけにはいかなかった。

今日はせっかく関係者に集まってもらっているんだから、全てはっきりさせてから終幕といきましょうか。

「私と結婚していた当時のあなたの浮気相手は、ラファイ伯爵令嬢だけだったのでしょうか」

「ど、どういうことかな」

「そのままの意味です。他に浮気相手はいなかったんですか？」

もし、嘘の言葉を発したら、彼の体はしびれて苦痛の表情になるはずだ。

「い、い、いません」

嘘をついたわね。どうなっても知らないから。

答えたオルドリン伯爵の額から、大粒の汗が流れ落ちる。明らかに嘘をついているのに、平気そうな顔をしているオルドリン伯爵を見て、何も起こらないことを不思議に思った瞬間、彼は断末魔のような叫び声をあげてのたうち回った。

その様子に引いていると、近くのテーブルに座っていた女性が立ち上がって近寄ってきた。

女性はオルドリン伯爵のところまでやって来ると、のたうち回っている彼のお腹を蹴った。

「あんた、嫁と別れてあたしと結婚するって言っていたじゃないか！」

ふっくらとした体形の女性はそう叫びながら、オルドリン伯爵に攻撃を加える。

「やめ、た、助けて！」

「やめなさい！」

エレファーナ様が女性の体を押しやって攻撃を止めさせた。

止められた女性は興奮気味に肩で息をしながら、オルドリン伯爵に向かって罵倒する。

「この大嘘つきが！」

怒り狂うたくましい女性を見て、オルドリン伯爵が私にこだわった理由がはっきりと分かった。

彼の好む女性は気の強い人だ。でも、そんな人と結婚すれば浮気もできなくなる。だから、私のような気の弱い女性を妻にして、家ではゆっくりと、外では好きなように女遊びができるようにしたんだわ。

「アキーム！　しっかりして！」

エレファーナ様が泣きながら、床に倒れているオルドリン伯爵の体を揺さぶる。椅子の足に頭をぶつけていたので、体を揺さぶるのはどうかと思うわ。

でも、そんな判断もできないくらい、エレファーナ様はパニックになってしまっているみたいだ。さすがに見て見ぬふりもできずに声をかける。

「エレファーナ様、オルドリン伯爵は頭を打っていました。ですから、あまり揺さぶらないほうがいいかと思います」

エレファーナ様はオルドリン伯爵の横で膝をついた状態で私を睨みつける。

「別れたとはいえ、アキームはあなたの元夫でしょう！　それなのに、どうしてそんなに平気な顔をしていられるのよ！」

「元夫だから平気な顔をしていられるんです。暴力はいけませんが、オルドリン伯爵は結婚詐欺をしていたんです。女性が怒るのも仕方のないことでしょう」

オルドリン伯爵に暴力をふるった女性は、私が離婚したあとにリファルド様が調べてくれて分かった、オルドリン伯爵から被害を受けたうちのひとりだった。結婚詐欺をされていたとわかり、どうしても復讐したいと言っていたので、今日、この場に来てもらっていた。

「結婚詐欺ですって⁉」

エレファーナ様は立ち上がって叫ぶ。

「アキームがそんなことをするわけがないでしょう！　あの野蛮な女が勝手に思い込んでいる

だけよ！」

「どうだか分かりませんが、誤解させるような発言をしたのは確かでしょう」

「だからって暴力をふるってもいいわけじゃないわよ！　大体、あなたがアキームの言いなりにならないから悪いんじゃないの！」

「言いなりになっていた時に浮気していたのに、よくそんなことが言えますね」

エレファーナ様は自分の息子の浮気を知っていたみたいで、私に言い返されると眉間に皺を寄せた。

「浮気くらいいいじゃないの！　最後はあなたのところへ戻ってくるんだから！　あなたが我慢できなかったせいでアキームが酷い目にあったわ！」

エレファーナ様は大声で叫ぶと、私に掴みかかってこようとした。でも、すぐにその手は下ろされて、床に跪いた。

銀トレイの効果が働いたらしく、エレファーナ様は目を見開いて呟く。

「ど、どうして……、ふ、触れても、い、いないのに！」

「銀トレイがあなたを敵とみなしたようですね。あなたが私に近付こうとすると、防衛本能が働いて、銀トレイに触れなくても攻撃してしまうようです」

「そ、そんな馬鹿なことが、ああ！　あ、あるわけ……、ないでしょう！」

「……は、は、母上……、助けて、痛い」

オルドリン伯爵の助けを求める声が聞こえ、エレファーナ様は振り返り、彼の体を抱きしめた。

「……あ、ああ！　可哀想なアキーム。今度はちゃんとした子を選びましょうね」

「も、もう、サブリナ……、みたいな人は……い……や、です」

「アキーム！　しっかりして！」

気を失ったのか、もしくは本当に危険な状態なのか分からない。念の為にと呼んでいたお医者様がすぐに診てくれたけど、お腹を蹴られていたので、回復魔法が使える人に助けてもらったほうがいいと言った。

「内臓がどうなっているかを確認するのは大変ですから、息子さんが心配なら、お金を惜しまずに、回復魔法が使える人のところに行くことですね」

先生は冷たい口調で言うと、元いた席に戻っていく。

「ああ！　アキーム！」

エレファーナ様は両手で顔を覆って叫ぶと、私を睨みつける。

「あんたがいなければっ！」

さっきのことも忘れて、エレファーナ様はまた、私に掴みかかろうとした。でも、すぐに体が崩れ落ち、床に倒れ込むと痙攣しているかのように体を震わせ始めた。

カッとなる気持ちは分からないでもないけど、何度、同じことを繰り返したら分かるのかしら。

「い、い、あ、あ、いゃ……、ご、ごめん……、なさい」

エレファーナ様の目から涙が溢れ出したところで、見ていられなくなり、私は目を逸らした。

どさりという音が聞こえて目を向けると、エレファーナ様が床に倒れていた。一瞬、死んでしまったのかと焦ったけれど、呼吸はしているようだし、痛みで気を失っただけのようだった。

やっとこれで、オルドリン伯爵たちとさよならできる。

本当に長かった。こんなことまでしないと分かってもらえないことが残念だけど、縁が切れるのなら本当に良かった。

結婚詐欺の疑いで、警察に担架でレストランから運び出されていくオルドリン伯爵を見送りながら、心の中で声をかける。

オルドリン伯爵、私の人生は私のものです。

あなたたちの望む生き方は絶対にしません。

私は私自身が納得できる道を歩き始めた。そして、私なりの本当の幸せというものを知ったので、自分のことしか考えていない、あなたなんていりません。

今度こそ、お別れできたと思うと、本当に気持ちがすっきりした。

オルドリン伯爵たちが連れられていくと、リファルド様が立ち上がって話しかけてくる。

「よく頑張ったな」

「ありがとうございます。ゼノンがいたことには驚きましたけど！　リファルド様は知っていたんですよね？」

リファルド様の顔を見て安堵してすぐに、ゼノンのことを思い出して文句を言った。

「すまない。言っておくが、内緒にしておこうと言い出したのはあいつだ」

そう言って、リファルド様は笑顔でこちらに近寄ってくるゼノンを指さした。

「ちょっと、ゼノン！　こんな時に悪戯をするのはやめてよ！　本当に驚いたんだから！」

「緊張感をほぐしてあげようと思ったんだよ。いやあ、僕だと分かった時のサブリナの顔が面白くて笑いそうになって大変だった」

「失礼ね！」

私が文句を言うと同時に、ゼノンの頭が後ろから誰かに軽く叩かれた。

「あなたはいつも悪戯ばかりしているわね！　時と場所と人を選びなさいって言っているでしょう！」

「ご、ごめん。でも、相手がサブリナだからさ」

「サブリナ様だから駄目なのよ！　レストランに行くけど、リファルドと適当に話をしていて、なんて言うから、おかしいと思っていたのよ！　あ、リファルド様、ご無沙汰しております」

リファルド様と同じテーブルに着いていた、少し気の強そうな見た目の女性が、笑顔で挨拶した。

「ノルンか。久しぶりだな」

「リファルド様にお会いできて光栄ですわ。いつも、ゼノンがお世話になっております」

「そうだな。世話してやっている」

リファルド様と仲良く話をしている美人に、少しだけもやっとした思いを抱いてしまった自分に嫌になった時、ふと、引っかかったことがあった。

そういえば、ノルンって……。

まじまじと、女性を見つめるとゼノンが笑う。

「サブリナ、彼女がノルンだよ」

「えっ⁉」

思わず声をあげると、ノルン様がリファルド様との会話を中断してカーテシーをする。

「お手紙では何度もお話しさせていただいていますが、お初にお目にかかります。ノルン・エティと申します」

「こ、こちらこそ、お初にお目にかかります。サブリナと申します！」

「サブリナ様にお会いできて光栄ですわ」

「わ、私もノルン様にお会いできて光栄です！」

まさか、ノルン様が来てくださるなんて思いもしなかった。

考えてみれば、ノルン様はロシノアール王国に住んでいる。会おうと思えば会うことができるんだったわ！

挨拶を終えた私たちは男性陣を放ったらかしにして、話に花を咲かせたのだった。

その後、エレファーナ様も関係者として警察署に運ばれることになった。目を覚ましたエレファーナ様は、警察署の取調室で何度も同じ質問を繰り返しているらしい。その質問というのは「どうしたら、この苦痛から逃れられますか？」だった。

＊＊＊＊＊

それから、数日後、私はリファルド様と一緒にレストランの個室にいた。感謝の気持ちを伝えるために、彼の都合のいい日時に私が予約したのだ。

まずは、今までの感謝の気持ちを述べて、これからは少しずつになるかもしれないけど、リファルド様に頼ることなく、ひとりでやっていくと話をした。

「ひとりで頑張っていくという気持ちはいいものだが、わざわざ話す必要があるのか？」

不思議そうにするリファルド様に、私はこのままでは駄目だということを伝える。

「ゼノンの従妹というだけで、良くしてもらっていたことには、本当に感謝しています。ですが、これ以上、リファルド様の近くにいると、私はリファルド様に頼ってしまうと思うんです」

「頼ればいいだろう」

「これ以上、リファルド様に迷惑をかけるわけにはいきません！　リファルド様とは距離を置いて頑張っていこうと思います」

何度も頭の中でシミュレーションして、気持ちに整理をつけたはずだった。でも、本人に伝えてみると、涙が出そうになった。

ああ、これで、リファルド様ともさよならだ。オルドリン伯爵との別れはすっきりしたのに、リファルド様との別れは、こんなに辛く感じるなんて……。

リファルド様に顔を見られないように俯いていると、短い沈黙のあとに返ってきた言葉は予想外のものだった。

「駄目に決まってるだろう」

「……はい？」

聞き間違いかと思って、顔を上げて聞き返した。

「駄目だと言ったんだ。君にとっては残念かもしれないが、君と俺との関係は他の人間の中では婚約者同士という扱いだ」

「……はい⁉」

ど、どうしてそんなことになっているの⁉

困惑していると、リファルド様は大きなため息を吐いてから口を開く。

「まさか、俺に気を遣って離れようとするとは思わなかったな。俺のために何かしようとするのだと勝手に思い込んでいた。ちゃんと、言葉にしておくべきだったな」

こめかみに手を押さえ、辛そうに顔を歪めたので、慌てて話しかける。

「あの、こんなにお世話していただけるなんて思ってもいなかったので本当に感謝しております！　私に何かできることがありましたらお申し付けください！」

「いいのか？」

「はい！　私ができる範囲内になりますが！」

リファルド様に私ができることなんて限られていると思う。もしかして、メイドになれとかそんなお願いかしら？　即戦力は無理だけど、役に立てるように頑張るわ！

「じゃあ、俺の願いを言うぞ。俺の婚約者になってくれ」

「はい？」

今、なんて言ったのかしら。

「もう一度言うぞ。俺の婚約者になってくれ」

え？　婚約者？　私が、リファルド様の!?

「ええっ!?」

「そんなに驚かなくてもいいだろう」

「驚きます！　婚約者になってくれだなんて驚かないほうがおかしいです！」

「俺なりに気持ちを伝えてきたつもりだったんだが、遠回しすぎたか。こんなところで言うのもなんだから、また改めて気持ちは伝える。とにかく、俺は君に婚約者になってほしい」

あ、ありえないわ。どうして、リファルド様が私を選ぶのよ。

呆気にとられている私を見て、リファルド様はにやりと笑ってから続ける。

「君の人生だ。どうしても嫌なら断ればいい」

これは私が断らないと分かっている顔ね。

「……リファルド様は意地悪なのか、優しいのか分かりませんね」

憎まれ口を叩くと、リファルド様は頷く。

「そうだな。どちらかといえば、意地悪が正しいだろう」

「意地悪をしたいから、私を選ぶんですか？」

「そんなわけはないだろう」

リファルド様は眉間の皺を深くして続ける。

「俺は君がいいんだ」

「気持ちはとても嬉しいのですが、リファルド様の婚約者になりたいと思う方は、他にいらっしゃらないのですか？」

「残念ながら俺は変わった人間だから、新しい婚約者が最初は見つからなかったんだ。どうするべきか迷っている時に君が気になって仕方がなくなった。だから、それ以降は縁談の希望は断っている」

「次期公爵が自分を変わった人間だなんて言ってもいいんですか？」

私が気になって仕方がないという言葉が嬉しくて、鼓動が尋常じゃないくらいに速まった。

「君の前だけだからいい。君は人から変わっていると言われている人でも、常識があれば好きだと言っていただろ？」

「覚えていてくれたんですね」

「君の言葉を俺が忘れるわけがないだろう」

リファルド様は強気の笑みを浮かべて私を見つめた。心臓がドキドキして落ち着いていられなくなり、目を逸らしてから考える。

公爵夫人だなんて、私では力不足な気がするけど、やる前から諦めちゃ駄目よね。

私はリファルド様のことが好きだし、彼が喜んでくれるのなら、婚約者になりたい。また失敗するんじゃないかという不安がないわけではない。

でも、昔の自分とは違うのよ。

今度こそ、私は幸せになってみせる。

……というか、それよりも大事なことがあるわ。

「リファルド様、そう言ってくださるお気持ちはとても嬉しいです。でも、私は平民なんです。ですから、公爵家に嫁入りは無理なのではないでしょうか」

「そのことだが、ジーリン伯爵が君を養女に迎えると言っていた」

「伯父様が⁉」

そんな話、一度もされたことはないんだけど⁉

「今まで何もしなかった分の罪滅ぼしをしたいそうだ」

「そんな……。言わなかった私が悪いのに罪滅ぼしだなんて思わなくてもいいのに」

「俺としては好都合だから、その話を君には受けてもらえたらと思っている」

「私にとっても有り難い話ではありますが、そうなると、私とゼノンって」

「そうだな。ゼノンはサブリナにとって、従兄から兄に変わるな」

「ゼノンが兄ですか。嫌だというわけではないですけど、何だか変な気分です」

ゼノンはずっと私のことを妹みたいに可愛がってくれていたし、本当の妹になることは嫌じゃない。でも、お兄様と呼ぶのは嫌だと思ってしまうのは我儘かしら。

「養女の話は改めてジーリン伯爵たちと話をすればいい。今は、俺への返事だけ聞かせてくれ。俺の妻になるのが嫌なのか？」

「……嫌なわけがないじゃないですか」

恥ずかしくて俯きそうになるのを何とかこらえ、目を逸らさずに答えると、リファルド様は満足そうに微笑む。

「大事にすると誓う」

「ありがとうございます。変わった男性との結婚経験ありですが、よろしくお願いいたします」

頭を下げると、リファルド様の笑い声が聞こえた。

＊＊＊＊＊

また日が過ぎて、レストランの一件から約十日後、警察から連絡がきた。

以前、エレファーナ様がどうしたら苦痛から逃れられるかという質問に、「人を傷つけるような発言や行為をしなければ、しびれがなくなります」と伝えてもらった。それを聞いたエレファーナ様は自分自身が苦しむことにより、自分のやっていたことが人の心を傷つけていたのだと、やっと分かったみたいだった。

というか、分からざるを得なかったのかもしれない。少しでも、彼女が悪いことを思うと全身にしびれが走って動けなくなるからだ。逆に人にいいことをすると、痛みが和らぐので慈善事業を始めると言い出したらしい。

慈善事業にはお金が必要だ。伯爵家のお金があれば何とかなると思ったのでしょうけれど、オルドリン伯爵家は現在の当主が捕まったことにより男爵に降格することになったため、そんな余裕はなくなるということを、彼女はまだ知らない。

オルドリン男爵の怪我はキール様が回復魔法で治したため、元気にはなった。怪我が残ると、暴力をふるった女性が暴行罪で捕まってしまうからだ。それに、詐欺被害者が次々と見つかったため、慰謝料を支払うことが決まったので働いてもらわないといけないということもある。

被害者の多くはオルドリン男爵に愛想を尽かした。

でも、平民の女性は違った。男爵に降格しようとも、貴族は貴族だ。今は、その人たちから慰謝料はいらないから結婚しろと迫られているのだという。

気の強い女性がすっかり苦手になったオルドリン男爵にとっては、苦痛の毎日が続いているそうだ。

ラファイ伯爵令嬢はオルドリン男爵にではなく、エレファーナ様への恨みを募らせていて、彼女は使用人の気が弱い女性に命令し、エレファーナ様の殺害を企んだ。

でも、それは彼女を監視している人に止められただけでなく、警察に報告されたため、彼女は捕まった。その後、釈放はされたけれど、そんなことをした彼女をオルドリン家が受け入れるはずもなく、今は、ラファイ伯爵家に戻って使用人として働かされているそうだ。

彼女にしてみれば、かなりの屈辱でしょうね。

そして、現在の私は、ジーリン家の養女となり、結婚するまではラシル様の世話係として働けることになった。

リファルド様がロシノアール王国に来ることになった戦争も、多少の犠牲者は出したものの和解が成立し、リファルド様は後処理に追われていた。

「サブリナ、お兄さんと呼んでいいんだよ」

「お兄様」

感情をこめずに言うと、ゼノンは口を尖らせる。

「いや、簡単に呼びすぎだろ。もうちょっと嫌がったりしてくれないかな」

「だって、そんなに嫌じゃないもの。というか、嫌がらせしようとしないでよ」

ラシル様が外遊中は私とミリー様はお休みになる。そして、リファルド様とキール様も少しくらいなら時間があるというので、急遽、近場にピクニックに行くことになった。

ゼノンにも声をかけたら、仕事が休みの日だったので、ノルン様と一緒に来てくれたのだけど、ゼノンとはジーリン家の養女になってから初めて会うので、私をからかうのに楽しそうだ。

「ノルン様はサブリナ様の義理のお姉様になる方なのですね」

「私には兄しかないので、妹ができるなんて嬉しいです」

「羨ましいです！」

ノルン様とミリー様も気が合うようで、楽しそうに話をしている。

「どうかしたのか」

キール様の家が管理している湖の近くなので、私たち以外は護衛騎士しかいない。だから、どんなにゼノンが騒いでいても窘めず、幸せな場面を眺めていると、リファルド様が話しかけてきた。

「こんなに幸せでいいのかと思いまして」

「いいに決まっているだろ。それに、君が幸せじゃないと俺も幸せじゃない」

リファルド様は私が不安にならないようにしてくれているのか、最近は言葉だけじゃなく、行動でも表してくれるようになった。私は優しく握られた手を握り返して、笑顔で答える。

「リファルド様、私はとても幸せです」

「そうか。その幸せをこれからも守れるように努力する」

「私もリファルド様の良き妻になれるように努力します」

微笑み合った時、ゼノンが話しかけてくる。

「リファルド！　僕のことをお義兄さまと呼んでもいいんだよ」

「うるさい。ゼノンはゼノンだ」

「それは間違ってないけど、サブリナと君が結婚したら、僕は義兄になるんだ。それなら義兄になる人にもう少し尊敬の念を見せてもいいもんなんじゃない？」

「無理だ」

リファルド様の即答に、ゼノン以外が笑い、ゼノンだけは不服そうな顔になった。

今は不安になってしまうくらいに幸せを感じている。

これから先、生きていく限り、悲しいことや辛いことは必ず起こるはずだ。

その時にも挫けることなく、私らしくいられるように、もっともっと強くなりたいと思った。

「サブリナ、なんでにやにやにやしてるの？」

「にやにやなんてしていないわよ！　幸せを感じていたの！」

ムッとしながらゼノンに答えると、ゼノンも含め、リファルド様たちは私を見て微笑んだ。

私にはリファルド様やゼノン、ミリー様やキール様、ノルン様たちがいる。

まるで感情が宿っているような銀トレイも私の味方だ。

ひとりではまだまだ強くなれないけれど、誰かのためにこうしたい、ああしたいと思える自分自身のために、生きていこうと思う。

終

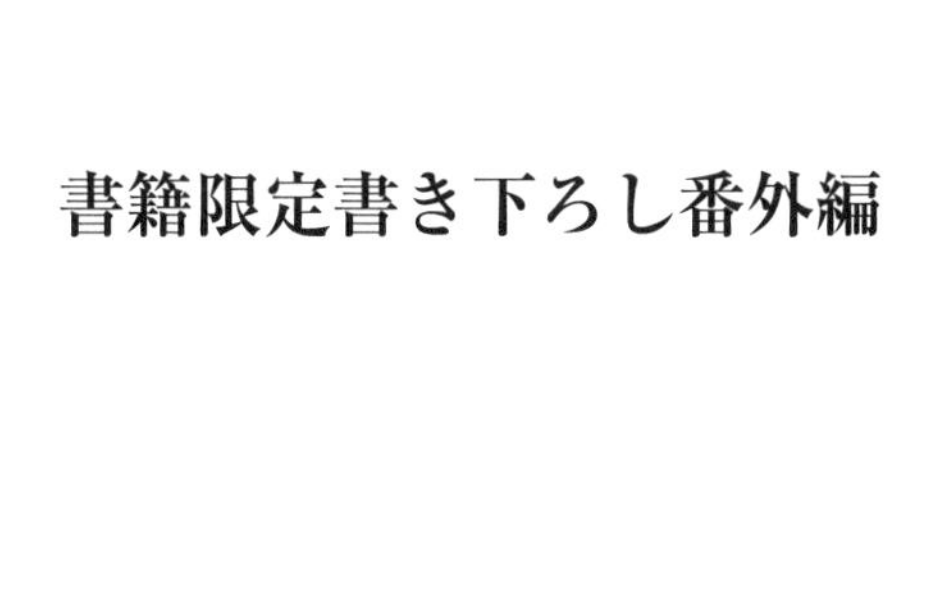

書籍限定書き下ろし番外編

令嬢たちの恋愛事情

それはよく晴れた朝の出来事だった。仕事が休みで特に予定もなかったので、いつもの時間に目覚めたあとは、ベッドに横になったまま本を読んでいた。ふと、気がつくと朝食の時間が迫っていて、慌てて身支度を整えていると、ミリー様が部屋を訪ねてきた。

「おはようございます。サブリナ様、朝から申し訳ございません」

「ミリー様、おはようございます。どうかしましたか？」

普段は朝食と夕食をミリー様と一緒にとっている。でも、食堂で待ち合わせているから、部屋まで来てくれたということは、何か用事でもあるのかしらと思って聞いてみた。

「あの、ゼノン様がいらっしゃっているみたいです」

「え？　ゼノン？」

一瞬、聞き間違いかと思って大きな声で聞き返してしまった。

「そうなんです。食堂に向かっている途中でエントランスホールの前を通ったら、ゼノン様が寮の管理人と話をされていまして、どうしたのか聞いてみましたら、私とサブリナ様に相談に乗ってほしいことがあるとのことなんです。ゼノン様は今日はお仕事を急遽、午前休にして来たとおっしゃっていました」

ゼノンが何の連絡もなしに訪ねてきたのは、私かミリー様のどちらかは必ず仕事が休みだということを知っているからでしょうね。

でも、非常識であることは間違いない。かといって、ゼノンはそんな無責任なことを安易な気持ちでするタイプじゃないから、よっぽどのことがあったのだろうと判断した。

「私は今日は仕事ですので、ゆっくりお話は聞けないんです。サブリナ様はどうですか？」

「特に用事もないので、兄の話を聞こうと思います」

連絡をしに来てくれたミリー様にお礼を言ってから、ふたりでエントランスにいるゼノンのところへ行くことにした。

「サブリナたちからノルンに許してくれって言ってほしいんだよ」

エントランスホールにたどり着くと、珍しく情けない顔をしたゼノンが私たちの顔を見るなり言った。

「いきなり訪ねてきて、そんなことを言われても困るんだけど？　許してくれってどういうこと？　あなた、ノルン様と喧嘩でもしたの？」

「話が長くなりそうなんだけど、このままここで話をしてもいいかな」

「私たちは朝食もまだなのよ。あなたはどうなの？」

「食べてないけど」

「なら、ここの食堂は寮に入っている人間以外も利用できるから、一緒に食べながら話しましょう」

私が促すと、ミリー様もゼノンに言う。

「もうすぐ仕事ですので、私はゆっくりお話を聞くことはできないんですけれど、朝食をとっている間はお話を聞けますよ」

「ふたりともありがとう」

普段のおちゃらけた様子はなく、切羽詰まったような表情のゼノンを見て、私とミリー様は思わず顔を見合わせた。

食堂に移動して話を聞いてみたところ、十日ほど前にゼノンとノルン様は喧嘩をしたそうだ。その日からノルン様に手紙を送っても受け取ってもらえず、会いに行っても門前払いされるようになってしまったとのことだった。

「ノルン様をそこまで怒らせるなんて、一体何をしたのよ」

私の知っているノルン様はそこまで怒りを持続させるタイプではない。ゼノンが何度も謝っているのであれば、よっぽどのことでない限りは許す人だと思っている。

ゼノンは大きなため息を吐いて答える。

「もうすぐノルンの誕生日なんだけど、サプライズで何かあげたくてさ。本人に聞くんじゃなくて、職場の女性の同僚に相談して、プレゼントを買う時に付いてきてもらったんだ」

「サプライズしたいという気持ちは分かるけれど、どうして職場の同僚に頼んだの？　別に私たちでもいいじゃないの」

「サブリナたちは今の流行をあまり知らないだろ？」

失礼なことを言われていると思うけど、私もミリー様も言い返すことはできなかった。ここ最近は、リファルド様と出かけることも増えてきたけれど、同じ年代の女性が好むような場所には行っていない。流行りのものもミリー様から話を聞くくらいだ。ミリー様はあまり、流行に関心がないので、婚約者のキール様に教えてもらったものを私に教えてくれるので、ゼノンにしてみれば頼りないといったところなんでしょう。

「素敵な贈り物をしたいという気持ちは分かりますけれど、ノルン様を不快な気持ちにさせてしまった時点で駄目な気もしますが……」

ミリー様は苦笑したあと、すぐに不思議そうな顔に変えて尋ねる。

「で、どうして、ノルン様が怒っているんでしょうか。内緒にしていたのなら、ゼノン様から話を聞くまでは分かりませんよね。ということは、ふたりで買い物に行っているところを、ノルン様に見られたのですか？」

「ノルンには見られていないけど、ノルンの家のメイドに見られたんだ。それで、そんなことをする人間は嫌いだって言われた」

ゼノンは目の前に置かれているパンやサラダ、温かいスープに手を付ける様子はなく、がっくりと項垂れた状態で答えた。出勤する時間が近づいてきたミリー様をふたりで見送ったあと、意気消沈しているゼノンに話しかける。

「浮気じゃないんだから、正直に話せばいいじゃないの」

「話したよ！　だけど、ノルンが怒っているのはそれが問題じゃないんだ。僕が選んだものじゃなくて他の女性が選んだものを贈ろうとしていたってことが気に食わないらしい」

そう言われてみればそうね。余程のことがない限り、他の女性が選んだものよりも、婚約者本人が頭を悩ませて選んでくれたもののほうが嬉しいと思う。

それに、ノルン様はサプライズが好きな人間でもない。

「ノルン様の気持ちも分かるわ。あなたは喜んでもらおうと人にアドバイスを頼んだわけだけど、結局はその人の薦めたものになるものね。しかも相手は女性でしょう？　もしかして、若かったりする？」

「若い」

「あなた、わりと見た目がいいのだから、その女性が勘違いしたらどうするのよ」

「僕にノルンという婚約者がいるのは、職場の同僚も知っているし、お互いに恋愛感情はないよ」

「そんなこと分からないでしょう！」

ゼノンはノルン様にべた惚れだから、他の女性に対して恋愛対象としての興味はない。それはノルン様も分かっていることだと思う。でも、相手は違う。ゼノンに興味がないと言いつつも、心の中ではどう思っているのか分からない。ふたりで出かけるというのは、相手を勘違いさせてしまう可能性もあるし、そんな相手に選んでもらったプレゼントをもらってもノルン様は嬉しくないはずだ。

思ったことをゼノンに伝えてみると、彼はすんなり納得してくれた。

「そう言われればそうだよな。こんな話、リファルドが聞いたらめちゃくちゃ怒りそう」

「そうね。不誠実だと言って怒ると思うわ」

ふたりで顔を見合わせて苦笑したあと、ゼノンに問いかける。

「で、あなたは私にどうしてほしいの？」

「ノルンに許してくれるようにお願いしてくれないかな」

両手を合わせてお願いしてくるゼノンは、今までに見たことがないくらいに落ち込んでいるように見える。

ゼノンは私の兄だし、しかも、彼には色々とお世話になっている。ノルン様との友情を壊さない程度に、ゼノンのことを許してくれないか頼んでみようと思った。

＊＊＊＊＊

それから数日後の夕方、仕事を終えた私はミリー様と一緒に城下町に出かけた。

ゼノンが来た日、すぐに筆を執ってノルン様に連絡してみた。ゼノンのことで話があると書いただけで、すぐに私が何を話そうとしているのか分かってくれたようで、直接会って話をしたいと返事がきた。そして、ノルン様の仕事の休みの前日の夜に食事をすることになったのだ。

ミリー様もゼノンたちのことを気にしていたので、ミリー様も誘って、三人で食事をすることにした。

待ち合わせたレストランは以前、私がオルドリン男爵たちと決別したレストランで、今回は個室に案内された。四人掛けの丸テーブルに座り、飲み物が運ばれてきたところで、ノルン様が私たちに頭を下げる。

「今回はゼノンがご迷惑をおかけして申し訳ございません」

「ノルン様が謝ることではありません。ところで、ノルン様はゼノンを許すつもりはないのですか？」

私が尋ねると、ノルン様は眉根を寄せた。

「申し訳ございません！　ノルン様の気分を害したいわけではなかったんです」

いきなり、ゼノンの話をするのは良くなかったわ。普通はお互いの近況を聞いてからよね！

空気を読むことのできない自分を責めていると、ノルン様が笑う。

「こちらこそ申し訳ございません。サブリナ様に対して怒っているわけではないんです。それに話を持ち出したのは私ですから、気になさらないでください」

「でも……」

「気にしないでくださいませ。先に本題の話をしてから、違う話に移りましょう」

ノルン様がそう言ってくれたので、私とミリー様は頷いて、話を促した。

「ゼノンのことですが、サプライズしようという気持ちは嬉しいんです。私を喜ばせようとしてくれていたわけですし。ですけど、私はサプライズはあまり好きではありませんし、何より、見ず知らずの女性が選んだプレゼントをもらって嬉しいと感じるものですか!?」

ロシノアール王国は二十歳から飲酒が可能だ。ノルン様は二十一歳なのでワインを一口飲んでから続ける。

「大体、どんな顔して私に渡すつもりだったんでしょうか！　自分が選んだとでも言うつもりだったのかしら！」

「あの、ノルン様、ゼノン様が女性とふたりで出かけたことは許せるんですか？」

ミリー様が挙手して尋ねると、ノルン様は頷く。

「同僚の女性の方がゼノンに恋愛感情を持っていないのであればかまいません。ですが、恋愛感情を持っている場合は別です。その方を傷つけてしまうことになりますし、それに気づけないゼノンにも腹が立ちます。ゼノンから聞いたところ、一緒に出かけたお相手は若くて恋人がいらっしゃらない女性だったそうです。恋人がいたら誘えなかったという意味もあるかもしれませんので、今のところは目を瞑っています」

ノルン様がゼノンに対して怒っているのはふたりで出かけたことではなく、プレゼント選びを人に任せようとしたことみたい。これで、その女性がゼノンに告白なんてしたら、もっと火に油を注ぎそうね。

「おふたりにも心配させてしまっていますから、近いうちに仲直りするように努力しますわ。さすがにこのまま、婚約破棄なんてことはできませんから」

「そんなことになったらゼノンが泣きますよ」

苦笑して言った時、注文した料理が運ばれてきたので、私たちは会話を中断した。


ロシノアール王国は食事をシェアする文化がある。私たちは全員、ロシノアール王国出身ではないけれど、郷に入っては郷に従えということで、大皿を頼んでシェアしながら食べ始めた。

「このローストビーフが美味しい」「このサラダにかかっているドレッシングは今までに食べたことのない味で美味しい」など、初めての三人での女子会を楽しんだ。食事の感想を言い終えたあと、ノルン様が突然、話題を変える。

「私とゼノンの話をしましたから、今度はサブリナ様とミリー様の話を聞かせてくださいませ」

「……私は特にないです」

「私もです」

私とミリー様が首を横に振ると、ノルン様は少し考えてから口を開く。

「おふたりは結婚のご予定はないんですか？」

「「ないです！」」

「そんなに強い口調で即答したと聞いたら、リファルド様やキール様がショックを受けてしまいますわよ」

楽しそうに笑うノルン様にミリー様が答える。

「キール様はお忙しい方ですから、それどころではないと思います」

「私の場合もそうです。リファルド様もお忙しい方ですし、それに、リファルド様は近いうちにエストルン王国に戻る予定なんです」

リファルド様はエストルン王国の公爵令息だ。終戦の後処理が終われば、ロシノアール王国にいる必要はない。遠距離恋愛になってしまうのは寂しい。でもそれは、仕方がないことだと思っている。

「では、結婚すればよろしいのでは？」

「リファルド様がどう思っているのかは分かりませんし、私は私で今の仕事が楽しいんです。ラシル様のことも大好きですし、ミリー様やノルン様とこうやってお話しできるのも楽しくて、できる限り、この国にいれたらいいなと思っています」

自分が我儘なことを言っていることは分かっている。でも、リファルド様だって、そうすぐに結婚を考えているわけじゃないはずだ。

「そうですわね。同じ国にいるからこそ、こうやって気軽に会えるんですもの。会えなくなるのは悲しいですわ」

「仕方のないことだとは分かっていますが、サブリナ様がいなくなったら、私も寂しいです」

ノルン様とミリー様にそう言ってもらえて、目頭が熱くなる。

「ありがとうございます。私もおふたりと会えなくなるのは悲しいので、まだしばらくの間は、この国にいようと思っています」

微笑み合ったあとは、ミリー様とキール様の話題に移り、そして、また私とリファルド様、ノルン様とゼノンの話題に戻ったりして、あっという間に閉店時間になってしまった。

お店の人にお会計をお願いすると、すでに支払いが終わっていると言われたので、私とノルン様はお店の予約をしてくれたミリー様を見る。

「私は何もしていませんが、予約をするとキール様に伝えていましたので、キール様が支払ってくれたのかもしれません」

「「お礼を言わなければ！」」

店の外に出ながら、私とノルン様が声を揃えて言った時だった。

「楽しかったか？」

　街灯はあるけれどすっかり暗くなった大通りには、まだたくさんの人が行き交っている。ひとつの街灯の下に三人の男性が立っていて、その中のひとりが話しかけてきたかと思うと、リファルド様だった。

「リファルド様！　どうしてこちらにいらっしゃるのですか？」

「ゼノンに一緒に来てくれと言われたのもあるが、君に会いたかったから来た」

「え⁉」

　ゼノンだけじゃなく、リファルド様にも今日のことは伝えていた。ゼノンにはお店の名前までは伝えていなかったけれど、キール様も一緒にいるから、彼が教えて、ここまで来たのでしょう。

「私も会いたかったので嬉しいですが、その前に、お支払いを済ませてくれたのは……」

「キールだ」

「やっぱりそうでしたか！　あの、ありがとうございます！」

　女性三人でキール様のところに駆け寄ってお礼を言ったあと、私たちの視線はキール様の隣にいるゼノンに移った。

「ほら、見られていますよ」

　キール様に言われ、ゼノンが口を開く。

「あ、あの、ノルン、その、ごめん」

周りが薄暗いからか、ゼノンの表情が重く見えて心配になった。だって、こんな顔をしているゼノンを見たのは本当に初めてなんだもの！

私とミリー様だけでなく、リファルド様とキール様もどこか緊張した様子でノルン様の答えを待つ。少しの沈黙のあと、ノルン様が口を開いた。

「ずるいですわ」

「え？」

「無視して帰りたいところですけれど、サブリナ様とミリー様がいる前でそんなことはできません。私がそう思うと分かっていて、ここで待っていたのでしょう？　しかも、ひとりでは不安だからってリファルド様やキール様まで巻き込んで！　余計に無視できなくなったじゃないですか！」

ノルン様はゼノンの左耳を掴んでひねり上げると「説教します」と言った。そして、ゼノンの耳を掴んだまま、私たちには笑顔を向ける。

「サブリナ様、ミリー様、今日は本当に楽しかったです。今回のお礼も兼ねて、また、ご一緒していただけますか？」

「「もちろんです！」」

私たちが声を揃えて頷くと、ノルン様は嬉しそうに微笑み「ありがとうございます」と言うと、すぐに表情を真剣なものにして口を開く。

「リファルド様とキール様にはご迷惑をおかけして申し訳ございませんでした。後日、お礼をさせていただきます」

「ノルン嬢が気にすることではありませんよ」

「そうだ。全部、ゼノンが悪い」

キール様とリファルド様が答えると、ノルン様は表情を柔らかくする。

「本当にありがとうございました。では、本日はここで失礼させていただきます」

ゼノンの耳から手を離し、ノルン様はリファルド様たちには深々と頭を下げた。そして、私たちには笑顔で手を振ると、ゼノンを連れて待っていた馬車に乗り込んでいった。

その後は、ミリー様がキール様に連れていかれてしまい、残されたのは私とリファルド様と護衛兵士だけになった。

リファルド様とふたりで話すことなんて何度もあったのに、ミリー様たちと結婚の話をしたから変に意識してしまって、話題が思い浮かばない。

「えっと、もう遅い時間なので帰ろうと思います。わざわざ来ていただきありがとうございました」

「少しでも会いたかったから来たんだ。気にするな」

「あ、あの、う、嬉しいです」

恥ずかしくなって視線を逸らすと、リファルド様が言う。

「送っていく」

少しでも長く一緒にいられるのであれば、それは嬉しい。でも、迷惑をかけてしまうんじゃないかしら。

「で、でも、リファルド様の滞在先と王城は正反対の場所にありますので、送ってもらうのは申し訳ないです」

「気にしなくていい。明日は仕事を休むつもりでいる」

「そうなんですね」

じゃあ、明日も会えるかしら。そう思ったけど、明日は私が仕事だった。

がっかりしていると、リファルド様が顔を覗き込んでくる。

「どうかしたのか?」

「いえ。あの、やっぱり送っていただくのは申し訳ないなと思いまして」

「じゃあ、俺の部屋に一緒に泊まるか」

にやりと笑ったリファルド様を見た私は動揺してしまい、大きな声で答える。

「泊まりません!」

「残念だ。では、寮まで送ろう」

そう言って、リファルド様は私の手を取ると、待たせている馬車に向かって歩き出した。

あとがき

はじめましての方もそうでない方も、こんにちは、風見ゆうみです。

この度は「あなたが望んだ妻は、もういません～浮気者の旦那様と離婚して、楽しい第二の人生を始めます～」を手に取っていただき本当にありがとうございます。

この作品は心についた傷は癒えることはないかもしれないけれど、前を向いて歩いていくことはできるという思いを込めて書いた物語です。

自分の考えを変えることって難しいのですけど、考え方を少し変えるだけで世界が変わることもあるのかなとか、自分の人生は自分のものですから、誰かに生き方を決められるのではなく、マナーは守りつつ自分の望む生き方をしていけたら良いのかなと思ったりもしています。

（あくまでこれは私の考えであり、異論はあって当然だと思っております）

改稿などを経て、本編もかなりの文字数を書き足しましたのでｗｅｂ版との違いも楽しんでいただければと思います。

番外編は書き下ろしで、話し出したら止まらない女子トークのお話です。いつもの雰囲気とは違うゼノンの様子も楽しんでいただければ嬉しいです。

こうやって書籍化できましたのも、ｗｅｂでの連載を応援してくださっている皆様。この作品を見つけてくださった編集者様。キャラクターを素敵に描いてくださったイラストレーターの茲助様。ライター様、校正担当者様など、この本に携わってくださった皆様のおかげです。

この作品に出会っていただき、本当にありがとうございました。

またどこかでお会いできますことを心より願っております。

風見ゆうみ

あなたが望んだ妻は、もういません
〜浮気者の旦那様と離婚して、楽しい第二の人生を始めます〜

2025年1月5日　初版第1刷発行

著　者　風見ゆうみ

発行人　菊地修一

発行所　スターツ出版株式会社

〒104-0031　東京都中央区京橋1-3-1　八重洲口大栄ビル7F
TEL　03-6202-0386（出版マーケティンググループ）
TEL　050-5538-5679（書店様向けご注文専用ダイヤル）
URL　https://starts-pub.jp/

印刷所　大日本印刷株式会社

ISBN　978-4-8137-9407-3　C0093　Printed in Japan

[風見ゆうみ先生へのファンレター宛先]
〒104-0031　東京都中央区京橋1-3-1　八重洲口大栄ビル7F
スターツ出版(株)　書籍編集部気付　風見ゆうみ先生